# 顔の見えない世界に降りそそぐ君の光

天野コハク

角川文庫
24616

# CONTENTS



イラスト／まかろんK

# プロローグ

三年前、神部駅で子どもの遺体が発見された。
七、八歳くらいの女の子だった。
一月の雪が散らつく中で夏服のワンピースにサンダルという服装、ホームのベンチの上という目立つ場所で死亡していたのを、始発電車を待っていた乗客が発見した。見つかった時は死後約三時間。終電から始発の間が死亡時刻ということになる。女の子がいつどうやって駅に入ったのか目撃者はいない。死因は凍死だった。

結局その子がどこの誰かもわからず、何らかの事件なのか、家出や迷子の末の凍死という事故なのか——それもわからないまま時間が経っていった。


私がいつも登校時間に神部駅まで来ると、改札へ向かう階段のわきにある三年前に死亡した女の子の情報提供を呼びかける看板が目に入る。

当時中学生だった私は、最寄り駅で子どもの遺体が見つかるという衝撃的なニュースに、大きなショックを受けたことを鮮明に覚えている。

恐らく、この辺りの子どもじゃなかったのだろう。その女の子に関する有力情報が何もなくて、結局は無縁仏として葬られてしまった。

　そのことが当時の私にはとても恐怖だった。

　もしも自分が知らない土地で死んでしまったら、やはり誰も知らないところで身元不明で葬られるのだろうと思えたから……。

　当時はそんなことを考えてしまって、怖い夢を何度も見た。思春期まっ只中（ただなか）で情緒も少し不安定だったのか、身元不明の女の子に同調してしまったのかもしれない。

　なんだか自分に似ている存在のような気がして……。

　神部から五駅ほど先の城光（じょうこう）学院駅に着くと、私の通う城光学院高校の生徒達が大勢電車から降りた。みんなそれぞれ友達に声を掛けたり手を振ったり一緒に歩いたりと、誰かしらに声を掛け合っているように見える。

　私に声を掛ける人はなく、私も誰にも声を掛けない。それが日常だった。

　人に関わらない方がトラブルを回避できる。私が人と関わると、自分の中の混乱と他者とのトラブルを生むことがある。

　だからこそ、もっと人と関わった方がいいと親には言われるのだけど……。

　私は小学生の頃に人間関係が嫌になってしまったから、中学からは人と関わらずに一人で行動するようになっていた。

「おはよう」

肩を叩かれて立ち止まると、一人の男子生徒が私に片手を挙げて自転車に乗ったまま通り過ぎて行った。

いつもの彼だ。

学校から近い所に住んでいるらしく、乗っている黒い自転車にはオレンジ色に輝く反射板と綺麗な鈴の音がするキーホルダーが付いている。

彼だけは、なぜか毎朝私に声をかけて通り過ぎる。

学年もクラスも名前も知らない『誰かさん』。

私は小さい頃から人の顔を覚えることができなかった。

それに気づいた母が私を連れていくつも病院を回り、診断名をつけられたこともあったらしい。だけど、私の症状に近い病名をつけられただけで、母にはその診断が確かだと思えなかった。

治療ができるわけではなく、治ることはないものだろうとわかると、母は『個性』として受け入れると決めたという。

結局、病院を回ってわかったことは、先天的に人の顔を覚えられない、ということだけだった。

覚えられないといっても記憶力に問題があるわけではなく、ただ人の顔の見分けがつかない。

目や鼻や口が付いているのはわかるけれど、私にはどの人も同じような顔に見えてしまう。顔だけでは誰が誰だかわからないのだ。

顔では見分けがつかないけど、人を覚えること自体ができないわけではない。声や体形、仕草や動作の癖など、私なりに見分けるポイントは持っている。

ただ、何度も会って特徴をつかまなければ覚えられなくて、覚えたつもりの人でも複数の人の中にいると混乱する。

私にとって、顔が覚えられないということが幼い頃からのコンプレックスでもあり、人付き合いに嫌気がさした原因でもあった。

# 1　変　化

昼休みになると、いつも一人で校舎裏の日当たりが良い場所でお弁当を食べている。三、四段ほどある階段が腰かけるには丁度よく、ここには決して人が来なかった。

だけど、今日に限って先客がいた。当然、私にはその人が誰だかわからない。

男子生徒が一人、お弁当を広げて座っていたのだ。

彼女でも待っているの——？

彼の顔がこちらへ向くと、驚いたのか「あっ」と声を漏らした。

ちなみに、私は人の表情を読むことも難しい。笑っているのか怒っているのかは声色や態度で判断するけど、表情は全くわからない。

「香山（かやま）葉月（はづき）、おまえ毎日ここで昼飯食っているの？」

なんとなく聞き覚えのある声だった。同じクラスの男子かもしれない。とはいえ、私のことを知っているこの人が誰なのか、全く心当たりがなかった。

「そうなの、いつもここで食べているの。だから彼女と二人きりで食べたいなら、できれば他の場所に行ってほしい。今日は私があとから来たけど、ここを気に入っているの。私は別に近くに誰がいて何をしていても気にしないから、そちらも私がいても良ければご自由にどうぞ」

私は男子生徒の前を横切って少し離れたところで食べようと思った。

「いや、誰も来ないからとなり座りなよ。おまえも、ここの生徒が苦手なクチだろ?」

促されるまま座ってしまったけど、私はどうしてもこの人が誰かわからなくて話を続ける自信がなかった。

「私、ここの生徒に限らず人が苦手なの」

「だろうな。友達と一緒にいるところ、見たことないもんな」

暗にあっちに行けと言ったのだけど、この男子には通じていないようだった。

「俺は同年代の人が苦手なんだよな。どうも、ノリについていけない。騒いだりはしゃいだりってのが性に合わないのかな。ハハッ」

ああ、そういうのは私も苦手かもしれない。意味もなくテンション高く騒いでいるのは理解できない時がある。

友達がいないから、騒ぐ楽しさというものを知らないだけかもしれないけど……。

「おまえって落ち着いているよな。かといって、人を小バカにしたようなクールさもなくて」

まるで私のことをよく知っているみたいな口調だ。やっぱり同級生なのかもしれない。

「あのね、今更なんだけど……。同じクラスの人……？」

言いにくかったけれど、この人はどこへも行く様子がなかったから思い切って聞いてしまった。

少しの間があって、やがて大爆笑された。

「ひってえな。入学して二ヶ月以上経つぜ。おまえ、俺のこと認識していなかったんだな」

ゲラゲラ笑いながら、その男子は目尻に溜まった涙を拭いた。

高くはないけど低すぎない、よく透る声。階段に座っているとヤケに長く見える脚。短めに整えられた黒髪。それに、黒いフレームで細身デザインのメガネ。

細かく特徴を観察してみるけど、残念ながら心当たりはなかった。

誰だろう……？

「じゃ、香山は毎朝、誰に声掛けられていると思っていたの？」

「あっ、もしかして、黒い自転車に乗っている人？　オレンジ色の反射板の」

聞いたことがある声だと思ったら、毎朝「おはよう」と声を掛けてくる唯一の人だ。

そっか、メガネを掛けていたのね。顔は覚えられないから、自転車で特徴を覚えていた。

「いつも気になっていたの。どうして、毎朝私に声を掛けてくるの？」

その言葉を聞いた彼の表情は読めなかったけれど、箸（はし）を持つ手がピタリと止まったから、笑ってはいない気がした。

「……おまえ、この学校に次席合格で入学しているよな？」

私は彼の表情を読もうと目を見つめたけど、やっぱりよくわからなくて黙ってうなずいた。

「入学式の日、壇上でスピーチさせられただろ？　その時、隣にいて少し話したの覚えていない？」

入学式に壇上で――？

あの時は首席入学の子と話した。入学のスピーチをするのに全く緊張しないってケラケラと声を立てて笑っていた男子だ。

次に会うことは考えていなかったから、声も身体的な特徴もチェックなんてしていない。そう言えば気さくな子で、毎朝挨拶（あいさつ）してくれる『誰かさん』ともイメージが重なる。

そっか。今ここにいる彼がその時の男子ということだよね……？

「つまり、首席入学した人？」

「そう、長谷川海斗（はせがわかいと）。クラスは違うよ」

この気さくな首席入学の人は友達が大勢いるのを知っている。

入学したばかりで壇上に立ったのに、もう友達っぽい人たちが冷やかしの声を上げていた。

それに、長谷川海斗という名前は人気者男子として女子の中で名前が挙がっている一人だと思う。

「長谷川君は友達も沢山いるよね？　苦手ってどういうこと？」

「まあ……、せっかくの高校生活だから楽しく過ごそうとは思っているけどな。本音を言うとさ、時々みんなのテンション高いノリが合わないなって思うんだ」

なんとなくわかるような気がした。強引に合わせようと思うと無理が生じるから、私も気楽に一人でいることを選んでいる。この人とは理由が少し違うのだろうけど。

「入学式の時も思ったけど、香山は話していても疲れないんだよな。そういうの貴重だから、実はもう少し話してみたかったんだ。昼休みに教室に行ってもいないだろ。この二ヶ月間、香山は昼休みにどこで昼飯食っているのか、あちこち探していたんだ。やっと見つけたよ」

彼の声色がやや高くなり、どこか弾んだ口調で話す。

笑顔というものを知らないけれど、嬉しそうな人の表情ということだとは聞いていた。彼は今、笑顔なのかもしれない。

「いつもここで食っているなら、俺もまたここに来ていい？」

拒む理由は思いつかなかったけど、次にこの人と会ってもわかるのか私には自信がなかった。

「……私ね、明日(あした)でも明後日(あさって)でも……お昼休みにここに来れば、長谷川君だとわかるかもしれない。他の人はこんな所に来ないって思っているからね。だけど、他の時間に廊下とか昇降口とか、人が大勢いるような所で会ったとしても……気づけないかもしれないの」

少しの沈黙があって、息を吸い込む音が聞こえた。

「それって、人の顔を覚えるのが苦手ってこと？」

「苦手っていうか——個々の顔ってものをほとんど認識ができないんだ。人の顔の区別がつかない」

彼はまた暫(しばら)く黙ってこちらに顔を向けていた。

「……別に俺のことを忘れるわけじゃないんだろ？　顔がわからないだけで、こうやって話したのは覚えているんだよな？」

「うん、記憶がなくなるわけじゃないから。ただ、顔は家族でさえ見分けられないの」

「じゃあさ、俺が話しかける時に名乗ればわかる？」

私は少しの間、長谷川海斗の柔らかそうな黒髪、長い首、少し広めの肩幅まで視線をやり、顔に戻って黒くて細いフレームのメガネを見つめた。

「名前を聞けばわかると思う。慣れれば、話し掛けられたらわかるかもしれないけど……。暫くは名乗ってくれたら有難いな」

「じゃあ、そうする。またな」

彼は食べ終わったお弁当箱を持って、軽い足取りで校舎の方へ走って行った。

私はまだ残っているお弁当に箸を運びながら、彼のうしろ姿を見つめて大きく息を吐いた。

顔がわからないって話して、家族以外の人に認められたのって初めてだ、と思った。

長谷川海斗という人は、相当、心の広い人なんだろう。


小学六年生の時、私がクラスメートを間違える、と問題になったことがあった。

だから親が担任の先生に相談して、クラスメートに私の事情を話してみんなに理解してもらおうとした。

「みんな、昨日の帰りの会で、香山の人間違いが多いってことが話題になったよな。実はな、香山は生まれつき人の顔を区別することが難しいんだ。人の顔を見分けられない」

若いお兄さんのような担任の先生が教壇から熱を込めてみんなに語りかけた。

先生の言葉に教室内が静まり返り、みんながチラチラと私の方に顔を向けている。

「想像してみてほしい。自分が人の顔がわからなかったらどんな気持ちか。誰かと仲良くなってもみんな同じ顔に見えるから、次に会ってもわからないんだ」

「ええっ。そうなの？　だったら、友達なんてできないじゃん！」

「だけど、あたし、何度も葉月ちゃんと遊んでるよ」

「あたしも！　でも、覚えていたと思うよ。前に遊んだこと」

「そういえば、葉月ちゃんに名前呼ばれたことない！　覚えてないの？」

　みんなが思い思いのことを言葉にする。

　前に遊んだことを覚えているのは、記憶はあるから当然と言えばそうなのだ。それに、同じクラスで一緒に過ごしていれば、顔を覚えられない分、他の特徴を探して覚えようと努力するから、人の見分けができないわけじゃない。

　ただ、顔というものが区別できないから、人を間違っても気づけないこともある。

　言いたい想いは沢山あったけど、まだ小学生の私にはそんな説明が上手くできるわけではなかった。

「いいか、一番辛いのは香山なんだってことを忘れるな。みんなの顔を見分けられなくて辛い想いをしているんだ。だから、それをからかったり怒ったりするのはやめよう」

　先生の前で、みんなが「はーい」と一致団結したから私は安心していたのかもしれない。

　だけど、そんな単純なことではなかった。

「葉月ちゃん、なんでリコとチィちゃんを間違えたの？」

　表情はわからなくても、その口調でかなり怒っているんだということはわかる。

「あっ、リコちゃんだったのね。だって、背の高さが同じくらいでしょ？　サラサラな茶色っぽい髪も似ていて、高い声も似ているの」

　誰かと間違えられるのが嫌なんだろうとは思ったけど、それでも仕方がないことだとわかってもらえるように、私なりに説明した。

　だけど、リコちゃんは余計に怒ってしまった。

「身長が同じくらいなだけじゃない！　リコの髪は特別にキレイだし、声だって全然違うんだから！」

　髪も声も似ているよ……。

　顔の区別はついても、リコちゃんにはそれはわからないの？

　私は不思議に思った。もしかしたら、リコちゃんは私と似ているなにか病気のようなものを持っているのかな？

「リコはあんな子と似ているなんてイヤなの！　暗くてつまんない子なんだもん！」

　リコちゃんが大きな声で怒鳴ると、今度はチィちゃんが「ひどい」と言ってワッと泣き出した。

リコちゃんは好きじゃないチィちゃんと似ていると言われて怒っていたのだ。

「葉月ちゃんが間違えるから、言われなくていいこと言われて、すごく嫌な思いした」

チィちゃんに言われてショックで悲しくなった。

私が間違えたからいけないの？　リコちゃんが意地悪を言っただけじゃないの？

「ねえねえ、葉月ちゃん見て！」

呼ばれてふり向くと、女の子が三人並んでいる。

三人ともそろって肩より短い内巻きボブという髪型をしている。それぞれ薄紫色に水色、淡いピンクの似たようなパーカーに全員が同じような黒のミニスカートという服装だった。

まるで三つ子のような三人だった。

「あたしたち、アカネとユウリとナナだよ」

「誰が誰か当ててみて！」

これもショックだった。

からかわれているとしか思えない。

「……なんで、そんなことしなきゃいけないの？」

「あのね、親切でやっているんだよ」

「だって、葉月ちゃん、顔を覚えるの苦手なんでしょ？　似ている恰好していた方が全然違うってわかりやすくない？」

「そうそう。葉月ちゃんが覚えられるように特訓してあげているの！」

親切だなんて口だけで、どこかゲーム感覚なんだろうと思って面白くなかった。

「顔はわからないけど、声でもうわかっているよ」

私は腹が立っていたから怒ったままの声色でそう言い放つと、一人ずつ指を差した。

「ユウリちゃんでしょ？　こっちがナナちゃん。だから、一番向こうにいるのがアカネちゃん」

「――当たっているよ」

「変なの。病気じゃなかったの？」

「嘘なんじゃない？」

三人はくすくすと笑って近くにいた友達にひそひそと話し出した。

「わからないのは、顔だけだもん……」

そんな言葉、誰も聞いてくれなかった。

みんな、先生にはからかったり怒ったりしないって言ったのに……。

私は本当に困っているのに、そんな気持ちを誰もわかろうとしてくれないんだ。

それから私は学校へ行くのをやめた。

いわゆる登校拒否だ。

両親も私を無理に学校へ行かせることはしなかった。母は自分が担任の先生に相談したせいだと思ったらしい。

私の小学校卒業とともに、違う地域の中学校へ行こうと言われて引っ越した。

「中学では顔がわからないとか、そんな話をする必要ないのよ」

「一度リセットして、ゼロから始めたらいい」

母も父も新しい地域でやり直して友達を作ることを期待していたのだ。

だけど、私はウンザリしていた。

小学校生活の六年間、仲良しの友達を作れなかった。ちょっと仲良くなっても、私がすぐに人を間違えると文句を言われて離れてしまう。

一生懸命クラスの子の特徴を覚えて、みんなで遊ぶ輪の中には入っても、結局わかってもらえず意地悪をされた。もう努力してまで人と接したくない。

わざわざ苦労して人を覚えて遊び仲間を作る必要なんてない。

友達が欲しいなんて、考えるだけで無駄なことだ。

そう決めて中学三年間過ごしたら気持ちが楽だった。

お陰で勉強に集中して、県内でもトップクラスの高校に次席という優秀な成績で入学することができたのだ。

　それくらいしか、できることがなかったとも言えるのだけど……。

　高校生活の中で、先生を認識するのは簡単だった。顔なんて覚えられなくても、各教科ごとに教室に現れるのが教科担当の先生なんだから。

　たとえ誰かわからない先生と廊下ですれちがっても声なんて掛けられないし、用事があっても職員室に行って呼び出せばいい。

　クラスメートも同じ要領で付き合えたら楽なのに。

　仲が良い友達じゃなくても接しなければいけない時間がある。私は出席を取る時や授業中に容姿の特徴や声を覚えて名前と一致させるように努力はしているけど、入学して二ヶ月くらいではなかなか覚えられていなかった。

「ごめん、これ北村に返しておいて」

　教室に入ろうとした時、いきなり他のクラスであろう男子から歴史の教科書を渡されて、そのまま走り去られた。

　こういうのが一番困るんだけど……。

　クラス名簿はほとんど覚えているから、『北村』が北村和樹という男子生徒だということは知っている。席がわかれば教科書をその席に持って行って、本人が座っていなくても机の上に置いておけばいい。

でも、席替えをして間もない今、北村和樹がどこの席なのかまではわからなかった。

「北村君って今この教室にいる？　教科書を返すように頼まれたんだけど、まだ顔を覚えていなくて」

私は目の前を通った女子を捕まえて聞いてみた。髪をサイドで結び、手作り風の花柄のシュシュをしている私より少しだけ背の高い子。

「いないみたい。私、席が近いから渡しておくよ」

その女子生徒は少し鼻に掛かるような特徴のある柔らかい声でそう言うと、片手を差し出して私から歴史の教科書を受け取った。

「ありがとう」

私が笑顔を作ると、彼女もフフッと鼻を抜ける声を出した。たぶん、笑ったのだろうと思った。

「香山さん、はじめてしゃべるよね？　私のことは覚えた？」

そう言われて彼女のことをよく見た。色白の肌、細くはないけど太くもない体形。花柄のシュシュでまとめている髪は少し硬めのくせっ毛に見える。特徴的なのは、左の首にあるホクロかな。

制服のリボンを外して校則違反のオープンカラーのブラウスを着ているけど……。

誰だろう？　心当たりはなかったけど、リボンのない首元に、どこか見覚えのある小さな星形のペンダントが見えた。

私は誰かわからず、笑って誤魔化した。

「やっぱり、私のこと知らないんだね」

その女子はくすくすと笑った。

「私、小松美沙（こまつみさ）。入学してから席替えをするまで、二ヶ月以上も隣の席だったんだけどなぁ」

えっ？　そうだった？　私の隣の席はたしか、吉野悠太（よしのゆうた）って男子だったはず。隣の席と前後の席の子の名前くらいは覚えていたから間違いない。

「私の隣は吉野君だったと思うけど」

「あ、やっぱり覚えていないんだ。私は反対側の隣の席だったの。通路挟んで隣」

ああ、そっちはノーチェックだった。だって、女子同士が並んだ席で仲良くやっていたから、私は関わらなくて大丈夫だと思っていた。

たしかにそんなに近くにいて覚えてないって失礼だよね。

「ごめんね。私、小松さんだけじゃなくて、誰に対しても興味が持てなくて……」

笑って誤魔化しながら自分の席に戻ろうとしたら、小松美沙が私の手を取って引き止めた。

「へーえ、香山さんって面白いね。今日の放課後、ちょっと買い物に行きたいんだけど付き合ってもらえない？」

「なんで？」

いきなりの誘いに私は戸惑った。とりあえず、今日ならこの髪型とシュシュを目印に彼女を認識するのは可能だとは思うけど……。

美沙がどんなタイプかは知らないけど、女子は噂好きだから警戒してしまう。

私が普通と違うと気づくと、すぐにクラス中に広められてしまう恐れがある。顔を認識できないなんてわかったら、尾ひれがついてどんな噂が立つのか——？

そんな先入観がある。

「なんか、香山さんって落ち着いていて、クラスに居ないタイプで話してみたかったの。いつもひとりでいるけど、なんか凛としたカッコイイ印象だから。ちょっと近寄りがたかったけど、実際に話すと話しやすくて意外だった。買い物は嫌い？」

「そんなことはないけど……。まあ、いいよ」

美沙も落ち着いた女の子のようで、一緒に居て疲れるタイプではないかもしれない。

私はたぶん、昼休みに海斗と会話したことで、家族以外の誰かと一緒に出かけるということに興味を持っていた。

この選択が良かったのかどうか、今の時点では自信が持てなかったけれど。

# 2　放課後

放課後、美沙と一緒に昇降口を出ると、自転車置き場からチリンチリンとうるさく自転車のベルを鳴らして近づいて来る男子生徒がいた。

あ、オレンジ色の反射板に鈴のついたキーホルダーの黒い自転車……。

「長谷川海斗、只今(ただいま)参上！」

ふざけた調子で海斗が片手を挙げた。昼休みには合わないとかなんとか言っていたけど、ここの生徒と同じようなテンションの人のような気がして、思わず笑ってしまった。

「変な登場の仕方。って言うか、目立っているよ」

特に女子達が海斗の方を振り返ったから、たくさんの視線が私たちに集まっているのではないかと思えた。

「だって、名乗れって言ったじゃん。あれ？　おまえ、友達いるんじゃん」

海斗が美沙に気づくと、笑ったのがその口調でわかった。

「二組の長谷川君だよね？　私、葉月ちゃんの友達の小松美沙」

美沙はいつもより少し上ずった声を出した。しかも、『葉月ちゃんの友達』って…

…。いきなりとっても仲良しになったような言い方だ。

今日初めて話したのに。

なんとなく女子を信用できないから、美沙に対する警戒心が強まる。

「えっと、小松さん？　小林さん？　二人でどっか行くの？」

「小松美沙。一緒に買い物に行くの」

相変わらず上ずった声で、美沙が海斗に笑いかけている。海斗の顔がこっちを向いたから、私はうなずいた。

「買い物に付き合ってほしいんだって」

「そっか。じゃ、また明日な」

軽く私の肩を叩くと、海斗は自転車に乗って帰って行った。

「良かったの？　葉月。約束していたんじゃない？」

美沙が困っているような、心配しているような声で聞いた。

「なんで長谷川君と？　約束なんてしていないよ」

「そう？　それなら、いいけど」

歩き出した美沙の胸元で揺れるペンダントが気になってしまう。

どこかで見たことがあると思うのだけど——。

「小松さんはさ、長谷川君が苦手なの？」

美沙に続いて駅の自動改札に定期をかざして通った時に聞いてみた。

「苦手？　どうして？　も、もしかして、そんなに私って態度悪かったの？」

美沙がとっても焦って私の腕にしがみつくように顔を覗き込んで来るから、その勢いに圧倒されて少し足が揺らめいた。

「そうじゃなくて、小松さん、何だか声が上ずっていたから……」

「美沙でいいよ。苦手っていうか、緊張していたんだよ」

ホームに向かうエスカレーターに乗ると、美沙は小さく息を吐いてこちらを向いた。

「葉月こそ、よくあの長谷川君相手に平然と話せるよね」

美沙から一段空けてエスカレーターに乗った私は、彼女の言葉の意味を考えた。

「あの長谷川君、ってどういう意味なの？」

「どういうって……。あんなイケメン、滅多にいないじゃない。別に好きとかタイプとかじゃないけど、それでもすっごいカッコイイよね」

そう言えば、海斗は人気者男子として女子の間でよく騒がれている。

そうか、彼はイケメンなのか。といっても、私にはイケメンというものが理屈でしか理解ができなくて、本当のところは全くわからないのだけど。

「そうなんだ……。私、長谷川君がイケメンって気づかなかったかも」

「そうなの？　じゃ、葉月の中で長谷川君のイメージって？」

「イメージ……？　オレンジ色の反射板の付いた黒い自転車に乗ってるとか、人なつこい明るい人とか」

「じゃなくてぇ」

美沙がフフッとその鼻にかかる声で笑った。彼女の声は耳に心地よく響いて好きだと感じる。

「イケメンじゃないなら、どういう顔のイメージなのかなって？」

「顔……？」

それがわかれば苦労しない。なんて、言えないけど。

私は人を避けながらホームを歩く美沙のうしろ姿に返事をした。

「えっと、そうだな。メガネのイメージが強いかも」

「葉月はメガネ男子は好みじゃないの？　メガネとか関係ないよ。本当にイケメンだから。今度ちゃんと見ておきなよ」

美沙がケラケラと声を上げて笑った。

イケメンね。その定義がわかればいいのだけど。

「それで、買い物ってどこに行くの？」

「神部のショッピングセンターに行きたいんだ。明日、妹の誕生日なの」

電車に乗る場所を決めたように、美沙はホームの中ほどの整列ラインの上で立ち止まった。

「美沙にも妹が居るんだ。私にも四つ下の妹が居るよ」

まだ小学生だけど、お洒落でおませなお陰で、妹だという判別が難しいくらい毎日髪型も服装も変えていて困る。顔がわからなくても、甘え上手な妹は可愛いと思えた。

「うちは、双子なんだ」

「えっ、そうなんだ。だったら、妹というより友達みたいじゃない？」

美沙は急に口をつぐんでしまい、それ以上は何も言わなかった。私は表情が読めないからどういう心境なのかよくわからなかったけれど、これ以上その双子の妹の話をしたくないのだろう、ということはわかった。

さっきまでの美沙への不信感は一緒にいるとどんどん薄くなっていく。

ほかの女子達とは違って大人びているというか、憂いがあるような感じがした。どこか弾けてはしゃげない、心の中に何かを抱えているような気がしたのだ。

神部のショッピングセンターに着くと、彼女のお薦めのカフェに入った。

「買い物じゃなかったの？」

「いいの、もう買うものは決まっているから。それよりね、葉月に聞きたかったの。どうして誰とも接しないの？　友達を全く作らないよね。対人恐怖症ってわけじゃなさそうなのに」

頬杖(ほおづえ)をついて、美沙の顔が真っすぐこちらへ向いている。

私は美沙には好感を持てたけど、海斗の時のように自分の話をすることはできなかった。たぶん、美沙が女子だからだろう。

心の中では美沙は違うかもしれないと感じていても、女子は裏表がある、口が軽い、お喋(しゃべ)り好きで噂好き、という固定観念が抜けない。

「私、小学校の頃に女子特有の関係にうんざりしちゃったんだ。だから、中学は勉強をするためだけに通ったの。おかげで難関校って呼ばれる城光学院に入れたから、やっぱり勉学に励もうと思っている」

これも嘘じゃない。女子の関係にうんざりしているのはやっぱり大きい。

美沙は何度もうなずいて「わかるな」と言った。

「私もそういうの苦手だから。陰口とか仲間はずれとかでしょ？」

「まあね、それもある」

陰口どころか、堂々と悪口だって言われたから。

「でもね、うちのクラスの子達はそういうのは全然ないよ。まあ、葉月から見たらちょっと子どもっぽくてテンション高くて、毎日はしゃいでいるような子が多いかもしれないけど……。少なくとも悪い子はいないから」

美沙の言う通り、無視とか悪口とか子どもっぽいことをする女子はクラスの中にはいないかもしれない。だからと言って、私のような他の人と違う特徴のある人間を偏見なく受け入れるなんて難しいだろう。

身体や目や耳が不自由だとか、理解しやすい障がいがあるのだったら優しく受け入れられるかもしれない。だけど、目には見えず、その真偽も客観的にはわからないような状態の人を理解するのは難しいと思えた。

「クラスの中でも葉月と友達になりたい子、結構いるんだよね。ただ、葉月の方が人を近寄らせないオーラ全開だから、みんな遠慮して近寄らないけど」

「なんで私と仲良くしたいの？　みんなもう友達がいて仲良しグループがあるのに」

それとも、クラスの中ではみ出している人がいると気になる、というノリなのだろうか。それはそれで困るなあ……。

「なんかカッコいいんだよね、葉月って。綺麗なうえに、凛とした佇まいとか。成績だって断トツで優秀でしょ、葉月に憧れてる子って結構いるよ」

美沙はそう言って笑い声を上げた。

憧れる？　綺麗？　私はそういう類の言葉を言われたことはなかった。

家族は可愛い可愛いと言ってくれるけど、小学校の頃は『変』だとしか言われなかった。周囲から私に対するポジティブな言葉なんてほとんど聞いたことがなかった。

「葉月のストレートヘアも綺麗だし、肌も白くて凄く綺麗でしょ？　いつも背筋を伸ばして堂々と歩いているし、カッコ良く見えるんだよね。女子達は『ヘアケアとかスキンケアとか聞きたいなあ』って言っているよ」

「髪はヘアアイロンで伸ばしているだけだし、スキンケアは雑誌で見て気になったオールインワンジェルを使っている」

私は注文したクリームソーダにストローを入れて口を付けた。美沙が全身の動きを止めたと思ったら、少しの沈黙の後に大笑いした。

「面白いね、葉月は。わかった、聞きたがっていた子達に伝えておくね」

小学生の頃とは自分への評価がちがうって、なんだか予想外だった。あの頃の周りの評価は、『よく人を間違える迷惑な子』だったから。

中学生の頃は人付き合いをしていなかったから、ほぼ透明人間だったのかもしれない。変な女子だと嫌みを言われたことはあっても、憧れられたことなんてない。

カッコいいって、ただ一人で過ごしているとそう見えるんだろうか――？

結局、買い物というよりカフェで何時間も話をして、帰る時になって美沙が花屋に立ち寄った。

「妹は白が好きだから」と言って、白い花を集めた花束を作ってもらっていた。

白い花だけで作られた花束は花嫁のブーケのようで綺麗だ。

「葉月の家は何駅？」

「ここが最寄り駅だよ。神部から歩いて五分くらいのところに住んでいるの」

「そうなんだ、私は隣の八牧なの。じゃあ、また明日学校でね」

美沙が手を振って駅の方へ歩いて行った。その後ろ姿を見ながら、私は小さくため息をついた。

明日もあのシュシュであの髪型ってことはないだろうな……。

あの鼻にかかった声は特徴がある。左の首のホクロも覚えた。

明日になっても、美沙を見分けることができるといいのだけど……。

ぼんやりと改札に向かう階段を上がって行く美沙の姿を見ていて、私はハッと気が付いた。

階段の横にある看板が目に入ったのだ。三年前に遺体で見つかった女の子の眠ったような顔写真。それと一緒に当時の服装と所持品の写真も公開されていた。

彼女の着ていたという、ヒマワリ柄のオレンジ色のワンピースに白いサンダル。それに、小さな金色の星形のペンダントがあった。

そう、美沙が着けていた物とそっくりな――。

私は定期を出して改札を通ると美沙を追いかけた。ホームへの階段を駆け下りると、ちょうど電車が行ってしまったところで美沙の姿はもうなかった。

「……何やっているんだろう、私。つけていたペンダントがあの子と似ているからって、美沙には関係ないことなのに」

思わず小声で呟いてふとベンチの方を見ると、白い花束が目に飛び込んできた。

さっき美沙が妹に買った花束だった。そして、ここはあの女の子が亡くなっていたベンチだ。双子の妹に買った花束を、このベンチの上に……？

もしかして、あの子が美沙の妹なの……？

だけど、それならどうして美沙も両親も名乗り出ないのだろうか？

それだけじゃない、近所の人だって気づくはずだ。隣駅なら知っている人が大勢いるはず……。

そこまで考えて、私は自分の妄想のような考えに苦笑した。

あの子が亡くなったのは三年前で当時七、八歳のはず。美沙の双子の妹とは年齢だって合わない。

事実としてわかっているのは、双子の妹の誕生日プレゼントだと言って買った真っ白な花束を、三年前に身元不明の女の子が発見されたこのベンチの上に美沙が置いていったということ。

たまたま忘れていったのか、意図して置いていったのか――？

# 3 イケメン

次の朝にはベンチの上にあった花束はなくなっていた。

美沙が取りに来たのだろうか……？　置き忘れたなら、そうだろう。

若しくは、駅員さんに回収されたか。一晩も忘れ物を放置されることはないと思えた。

私には、美沙が同じペンダントを持っているあの女の子を知っているのではないかと思えてならない。あの子の誕生日が昨日だったのだろうか……？

彼女が発見されたのは一月だった。亡くなった日なら無関係の人でも花束を置くのはわかるような気がする。

だけど六月に置くのは何か意味があるのではないだろうか。

そんなことをいくら考えても仕方がないけど、美沙にストレートに聞こうとも思っていなかった。彼女に話すつもりがあるなら、昨日のうちに話しているような気がしていたから。

「香山、おはよう。長谷川海斗だ！」

ふいに後ろから自転車で海斗が現れて、ブレーキを掛けて停まった。目立つ存在の海斗が不自然に名乗ったからか、あちこちからクスクスと笑い声が聞こえた。

「おはよう、長谷川君。あのね、自転車は覚えているから、朝は名乗らなくて大丈夫かな。なんか、笑われているみたいだし」

「あははっ。別に気にしないよ。名乗らなくていいなら、名乗らないけど」

「あ、自転車がない時は名乗ってくれないとわからないかも。ということで、またね」

私はそう言って手を振ると、海斗が私の顔を覗きこんだ。

「なんだ、それ。一緒に歩くなってこと？」

「えっ？ なんで自転車があるのに歩くの？」

学校まですぐだから歩いても負担ではないだろうけど、いつもは声だけ掛けて通り過ぎるのに。

「あっ、私になにか用事があった？ 昨日の帰り、話があったりしたの？ 美沙が気にしていたの」

「別にそういうわけじゃないけど」

海斗は片手で自転車を押しながら、もう片方の手でメガネを直して髪をかき上げた。

「昨日も言ったじゃん。香山と話していると気を遣わなくて楽なんだ」

確かにそんなことを言っていた。この人と一緒にいると目立つから、できればあまり人に見られないように過ごしたい。

そういうのが苦痛なのは、海斗自身も同じなんだろうか。

「長谷川君ってイケメンなんだってね。女子達が噂しているよ」

「そうか。……おまえにはわからなくて残念だったな」

海斗はどこか含みのある言い方をした。笑っているような、皮肉さを感じるような。

「顔がわからないから困ることは多いけど、長谷川君の顔がわからないからこそ、普通に話せるのかも。イケメンだと話すのに緊張するんでしょ？」

「知るか。俺は男だから、イケメン男子と話しても緊張しないからな」

それは、そうかもしれない。私は思わず笑ってしまった。

イケメンってカッコイイ顔の人のことを呼ぶのは知っている。だけど私には、それがどういうものかわからない。

イケボといわれる、声がカッコいいというのはわかる。足が速くてカッコいいとか、人の失敗をスマートにフォローできてカッコいいとか、そういうのもわかる。

「男子は可愛い女子を見ると、顔を見るだけでドキドキしたりするの？」

イケメン男子には緊張しなくても、海斗だって顔がわかるならそういう経験はあるんじゃないかと思った。

「まあ、好みの顔だったらするんじゃない？」

「なんか他人事みたい。長谷川君はしないってこと？　人の顔がわかっても、顔だけでときめいたり気になったりはしないの？」

「……おまえ、恥ずかしくないの？　そんな質問」

海斗が私の髪をくしゃくしゃっとして、ちょっと顔が赤くなった気がした。

なんだか周りから黄色い悲鳴が上がった気がするけど……。

「周りの女子達、長谷川君を見て騒いでいるの？」

「知らねえよ」

まだ海斗の顔は赤かった。これって……。

「大丈夫？　具合悪いんじゃない？　顔が赤いよ」

「そういうのはわかるんだな。けどズレてるよ、おまえ」

ズレてる？

そっか、海斗の言いたいことが少しわかるかもしれない。きっと表情を見てわかるような何かがあるということだろう。

だけど、私は表情を読み取ることができない。

小学生の頃にはそれでトラブルが重なったんだ。

「葉月ちゃん。これ、あたしのじゃないよ」

四年生の冬だった。教室の後ろにあるロッカーの前で、貸してもらっていたタオルを渡した時にそう言われた。

「これ、ユキちゃんのでしょ？　あたしのじゃない」

そう、私はユキちゃんに返したつもりだったのだ。また人違いをしてしまった。

この声はサツキちゃんだ。体形も髪の長さも今日の服の色も似ていたから間違えたんだ。

「あっ、ごめんね。サツキちゃん」

「別に、いいけど。何回も間違えられているからさ」

そう言ったサツキちゃんの声が怒っていた。

「本当にごめんね。怒っちゃっても仕方ないよね。気をつけるから」

「怒ってないよ！」

サツキちゃんの声が強まってビックリした。

「あたし、笑ってるのに。なんで怒っているなんて言うの？　別にいいって言ったのに」

「えっ？」

笑っていたの？　怒った声を出しているとしか思えなかった。

「葉月ちゃんが間違えたのに、あたしが怒ったと思うなんて、ひどくない？」

「なになに？　サツキちゃん、楽しそうになんの話してるの？」

他の子たちが寄ってきたけど、文句を言っているサッキちゃんが楽しそうに見えるってどういうこと――？

「別に、楽しい話じゃないけどね。あたし、怒ることなんてないからさぁ」

「だよね、サツキちゃんっていつもニコニコしているもん」

「ねぇ、サッちゃんって笑顔のイメージしかない」

その言葉に私は驚いた。私の印象では、サツキちゃんはよく怒っているのだけど。

また、五年生の運動会の日のこと。クラス全員で走るリレーの競技があり、期待されていた足の速い女の子が転んでしまったことがあった。

「三位かよ。ジュリが転ばなければなぁ」

「ジュリちゃん、いつもは速いから残念だったね」

「足の遅いヤツらがことごとく頑張ったのにな」

応援席に戻ると、そんな言葉が容赦なくクラス中から飛び交った。

「あ、あたしだって好きで転んだんじゃないよ」

そう言ったジュリちゃんの声は、少し震えていて哀しそうだった。

そりゃ、そうだよね。リレーなんて足の速い子には活躍の場なのに、みんなで責めるなんて……。

悔しいのはジュリちゃん本人のはず。それなのに、失敗して一番そう思うと、胸が痛くなった。だけど、周りの声は止まない。

「知ってるよぉ。だから、うちらも悔しいんじゃん！」

「ねえ、ジュリが転ばなければ絶対に一位になったよね」

「ご、ごめんね。本当に。転んじゃってぇ」

ジュリちゃんの声が泣き声になったような気がした。

「やめようよ、そんな風に責めるの」

私が思わず大きな声でそう言うと、みんなが一気に静まり返った。閉会式が始まるというアナウンスだけがやけに大きく響く。

「なに？　香山にはいじめてるように見えるの？」

一人の男子の不愉快そうな声が聞こえた。

「ジュリは笑ってんのに。なんも気にしてねえし！」

ジュリちゃんを指差して、その子が言った。

笑っていた？　私には泣きそうだと思えたのに……。

「そうだよ、別に責めてねえし！」

「葉月ちゃん、変なこと言わないでよ。うちらジュリと仲良しだよぉ」

私は驚いてジュリちゃんを見た。

「ごめんね。葉月ちゃんには、あたしがイジメられるほどの失敗したって思えたんだよね？　でも、あたしはそこまで気にしてないよ」

ギュッと強くこぶしを握りしめているジュリちゃんが怒りや哀しみを我慢しているように見えた。

「気にしなくていいよ、ジュリ。葉月ちゃんも悪気があったわけじゃないもんね？」

フォローをしてくれた子だって、私にはからかっているような口調に聞こえていた。

どうやら声色と表情は必ずしも一致しないようだ、と、この頃から感じるようになった。顔を見ないとわからないことが沢山あるようだと。

そういう時に私が何か発すると、全て私のせいにされてきたような気がする。

まるで外に出せない怒りのはけ口にするように。

そういうのを感じてしまうと、人と接することに困惑を覚え、混乱してしまった。

友達を覚えるのにも努力がいるのに、その心を見るなんて本当に難しい。

私には特別仲良しの友達という存在がいなかった。一人でもいいから欲しいと思ったこともあった。

だけど、もう面倒だと思い始めていた。

私は六年生でカミングアウトしても受け入れられなかったあとは、友達関係を切り捨てた。周りの人の気持ちを見ることをやめて自分のことだけに集中するようになっていったのだ。

私はとなりを歩く海斗に視線を向けた。

やっぱり表情なんてわからない。

さっきだって、なにがズレていたかなんてわからない。

わからない、というより、考えることさえ拒否しているのかもしれない。

「ごめん。たぶん、長谷川君は私と話していても楽じゃないと思うよ」

顔の赤みが一気に引いて、海斗が私の方に首を傾けた。

「どういう意味？」

「他の子たちみたいなハイテンションじゃないのは確かなんだけど……。普通ならわかることが私にはわからないから、違う意味で合わないと思うって言ったの」

「違う意味って、どういう意味？」

いつの間にか校門を過ぎて、もう駐輪場まで来ていた。私は黙ったまま、海斗が自転車を停めるのをただ見ている。

「おはよう！」

ふいに聞き覚えのある声の人に背中を叩かれて、振り向いたら色白の女の子が立っていた。セミロングのゆるいパーマがかかった髪を下ろしているけど、この左の首にあるホクロは美沙のはず……だよね？

昨日はしなかった彼女から漂うローズの甘い香りが私を混乱させた。

「おはよう、キミは葉月の友達の小松さんだ」

まるで私に説明するように海斗が美沙に声をかけた。

私が戸惑っているのを見兼ねたのかもしれない。

「あ、おはよう長谷川君」

また少し上ずった声で、美沙が身体を私に寄せながら海斗の方へ顔を向けた。

「じゃあ、また昼に行くから」

海斗は私の肩を叩くと、足早に昇降口に消えて行った。

「ごめん、また邪魔していない？　私」

美沙が両手を合わせて軽く頭を下げる。

「邪魔って？　助かったくらい。ありがとう、美沙」

私は海斗に『表情を読み取ることも、気持ちを察することも難しい』と伝えるべきかどうか迷っていた。昨日知り合ったばかりの人に言うことではないし、海斗は結局、気楽に話せる相手を探しているのだから、これ以上面倒な話は嫌だろうと思ったのだ。

表情も読めず、人のことを考えることも放棄してきた。私が気持ちを察するのが苦手だと知ったら、楽な相手じゃないとわかって話しかけて来なくなるかもしれない。

それは良いとしても、顔の認識ができないと話してしまったことが気になる。海斗は女子と違って不必要な情報をベラベラと他人に喋(しゃべ)らないとは思うのだけど……。

結局、少しでも誰かに心を開きそうだと気づくと、どうしてもブレーキを掛けてしまうのだった。

昇降口に入ると、女子達数人がなんだかテンション高く集まってきた。

「ねえねえ、香山さんって長谷川君と付き合っているの？」

「さっき、髪くしゃくしゃってされていたよね？」

きゃあっ！　って、さっきも聞いたような黄色い声を出しながら、女子達が私の周りを囲んだ。

そっか、さっきの黄色い声は髪くしゃくしゃに反応していたんだ。って言うか、みんな意外とよく見ているんだな。だから人気者と歩くのは困る。

入学したての頃は色んな人が声を掛けてきたけど、私が人を避けているうちに声も掛からなくなった。久しぶりに複数の女子に囲まれた気がする。

「ねえ、ねえ、香山さんってば！」

「長谷川君の彼女になったんでしょ？」

そうだった、海斗の彼女が私みたいな友達のいない人だと思われたら申し訳がない。

ここは全力で否定しておかないと。

「彼女のわけないじゃん。長谷川君は大人気男子なんだから、私なんて相手にしないでしょ？　誰にでも気さくに話しかける人だから、私にも話しかけているだけだよ」

私は大げさに笑いながら、みんなに囲まれたまま上履きに履き替えた。

「ええっ？　違うの？」

美沙まで大きな声を出して驚いている。

周りにいた数人の女子達もみんな、口に手を当てて驚いているようだった。

毎日海斗を見ている人たちなら、彼と私は何の接点もなくて、昨日から急に話し始めたって知っていると思うんだけど……。

「昨日、告白されたんじゃないの？」

長身のショートカットの女子がいきなりそんなことを言った。

昨日知り合ったのに、いきなり告白なんてされるわけないじゃん、とつっこみたい。

「どうしてそんな話になっているの？」

「だって……ねえ？」

「長谷川君って首席入学で香山さんは次席だったから、入学式の日に壇上で仲良く話していたでしょ？」

「そうそう、すごくお似合いだったよ」

ああ、そうか。私の中で首席男子と海斗が結びついていなかっただけで、それが初めて話した日だった。仲良かったかどうかは微妙だけど、ポンポンと会話をしていたからそう見えたのかも。

「で、その後も長谷川君は毎朝、香山さんに声掛けていたじゃない？」

『おはよう』の一言だけど、確かに毎朝声は掛けてくれる。っていうか、本当によく見ているな。

「昨日は一緒にお昼食べたって……」

「誰が言っていたの？　そんなこと」

私はショートカットの……名前がわからない、クラスメートなのかどうかも知らない、その長身の女子生徒に顔を近づけた。彼女は私を避けるように一歩うしろへ下がった。

「それは、長谷川君が。昨日、二組の男子達が『どこで弁当食っていたんだ』って聞いたら、『好きな子と食べて来た』って言ったんだって」

確かに昨日は一緒にお昼は食べたけど――。

そっか。『好きな子』なんて言ったのは、きっと周りに合わせたハイテンションのノリだろう。

友達と合わない、とは言えないよね。

「確かに一緒にお昼は食べたけど、そういう関係じゃないから安心して」

私がそう言うと、女子達は何やらヒソヒソと話し始めた。それから、何人かのフフッと鼻から抜けるような笑い声が聞こえた。

これは海斗がフリーで安心したという笑い声だろうか？

「わかった。ごめんね、香山さん。私達が言ったこと、気にしないでね」

女子達はそんなことを口々に言って五組の教室に入って行ったから、みんなクラスメートのようだ。ただ一人、教室に入らずに私の肩に手を回してため息をついた女子がいた。

一瞬、誰なのかわからなかったけど、彼女から感じる甘いローズの香りが美沙だと教えてくれた。

「女子の間では長谷川君は葉月が好きなんだろうって、ずっと噂していたんだよ。みんな応援モードだったし」

「なんで？　昨日今日と少し話す機会があっただけで、別に親しくないよ、私たち」

海斗はモテるのに、私と付き合っているなんて言われるせいで彼女ができなかったら申し訳ない。

「あの子たちはまだ葉月が告られていないって知って、これから長谷川から言われる日が来ると信じているから、『気にしないで』って引いて行ったんだと思うよ」

美沙の声色が笑っているような、皮肉さを感じるような含みを感じた。これ、さっき海斗からも感じたのだけど、笑っているのかな？

私にはこの声色がどういう気持ちの表れなのかよくわからない。

「まあ、実は私もそう思っているんだけどね」

その鼻に掛かる声でクスクスと笑いながら、美沙は私から手を離すと自分の席へ向かった。私はそのうしろをついていくように美沙の席まで行った。

「そういえば、昨日は妹さん喜んでいた？　白い花束」

そう言いながら、椅子に座った美沙の様子を見た。美沙は私から顔を背けて、鞄の中からペンケースやらノートやらを机の中へ移し始めた。

今日も美沙の首元から金色の星形ペンダントが覗いている。あの駅の看板に貼ってある写真とそっくりだと改めて確認した。

美沙は私が神部に住んでいるのは知っているから、あのベンチに花束が置いてあったのを見たことも察しがついたのかもしれない。それでも美沙は特に何も言わなかったから、私もそのまま自分の席へ行った。

なにも言わないってことは、やっぱり美沙はあの花束をベンチの上にわざと置いていったのではないかと思えた。

# 4　噂

前は廊下側の席だったから、昼休みになるとすぐにお弁当を持って外へ出ていけた。だけど今は廊下から遠くなってしまって、外に出ようとした時に「香山さんもこっちで一緒に食べない？」と数人の女子達のグループに誘われてしまった。

今朝昇降口で一緒になった女子達だろうか？　みんなで明るい声で誘ってくれる。ここで断るのは態度が悪いかもしれないけど、まだ誰が誰かわからない状態で、複数の女子を相手に話をする自信はなかった。

私が顔面蒼白で固まっていると、「いいから、おいでよ」と美沙と思われる女子が私の背中を押した。この女子達の中に入ると、昨日一緒に出かけた美沙の存在さえも危うくなる。

「ごめん、葉月はこの長谷川海斗と先約があるんだ」

ふいにドアが開いて、律儀に名乗りながら海斗が現れた。教室の中央まで入ってくると、動けずにいた私の手を引いたから、女子達がまた黄色い声を上げた。

クラスの女子達の誘いには応えられないから、私のことを気遣ってくれたのは凄くありがたい。

だけど、海斗への誤解が膨らんでいくのが申し訳なかった。

階段を降りて昇降口に着くと、私は海斗の手を振りほどいた。

「ありがとう、助けてくれて。だけど今ね、すっごい噂になっているの、知ってい
る？」

「助けるって？　昼に行くって言ったじゃん。おまえ、忘れていたの？」

そういえば、言われたかもしれない。そうか、本当に先約があっただけなのか。

「あのね、長谷川君が告白して私と付き合ったとか、そんな噂が立っているみたいな
の」

私は立ち止まったまま、こちらを見ずにさっさと靴を履き替える海斗を見た。

「長谷川君って、イケメンで人気があるんでしょ？　私みたいなのがまとわりついて
いたら、本当に彼女なんてできなくなっちゃうよ」

「まとわりついているの、俺の方じゃん」

フッと鼻から抜けるような、短い笑い声が聞こえた。なんだか深刻になってしまっ
ている私の心が少しだけ和らぐのを感じた。

「確かに、私はまとわりついていないかもしれない……」

「ハハッ。とりあえずここにいても仕方がないから、靴履き替えたら？」

私は促されるまま靴を履き替えて、いつもの校舎の裏に向かった。

「それに、『私みたいなの』って言い方はどうかと思うけど」

「……だって、やっぱり女子って友達が多くて気が利いて、話していて楽しくて優しい子が人気なんじゃないかって思うんだよね。私はどれも正反対だから」

いつもの場所に着いたから、四段ほどあるコンクリートの階段に腰を掛けた。

「長谷川君は超イケメンで人気者みたいだし、たとえ噂だけでも、友達のいないつまんない子が彼女と言われるのは申し訳ないなって思って」

海斗も隣に座ると、お弁当箱を広げて箸を取った。

「関係ないじゃん、そんなこと」

何だか口調が怒っているような気がした。海斗がしばらく黙ってひたすらお弁当を食べていたから、私も黙ってお弁当を広げた。

「……大体さ、どんな噂があっても、俺に好きな子ができたらその子に本当のことを言えばいいだけだろ？　葉月は気にしなくていいって」

「まあ、そうだね。わかった。……って言うか、そうやって名前で呼んだりしたら誤解が深まるけどね」

海斗はどこか、わざと誤解をさせて遊んでいるような気さえした。

「今朝から名前で呼んでいるんだけどな。葉月って八月生まれなの？」

「そう、単純な名付けだよね。妹は一月生まれだから睦月って名前だし」

母親が三月生まれで弥生(やよい)という名前だから、そこが始まりなんだけど。

少しの間は、そんなどうでもいいお喋(しゃべ)りをしていた。

「――おまえのその顔が覚えられないってやつさ、意外と似たようなケースの人もいるんだな。ネットで調べたらいろいろと出てきた」

「うん、顔がわからない人って、世の中には私以外にもいるみたいだね。実際にそういう人に会ったことはないけど。それ知った時、すごくホッとしたんだ」

クラスの中では私だけかもしれないけど、世界中を探せば意外と沢山いるのかもしれない。そう思うと、孤独感が少しだけ和らぐ。

海斗は箸を置いて、私の頬に右手を当てた。

「自分の顔もわからないの？」

「まあね。私は先天的なものだから、物心ついた頃から顔ってものがわからないの。ずっとそうだから、別に自分の顔がわからなくても不幸だと思ったことはないけどね」

なんとなく同情されたような気がして、少しだけカチンと来ていた。

海斗が小さく声を出して笑ったのがわかった。

「いや、可哀相だと思うよ」

私はムッとして海斗を睨(にら)みつけた。

「ところで朝言っていた、おまえと話していても俺は楽じゃないだろうって話、あれって結局どういう意味なの？」

私の機嫌なんてお構いなしで、海斗はまた箸を持って食べ始めた。

「顔を覚えられないだけじゃなくて、表情もわからないんだよね」

「ああ、そういうケースはネットにも書いてあった」

お弁当に目を向けたまま、海斗はそっけない口調で言った。

「前は人の感情を声色で判断していたんだけど、どうやら表情とズレがあるみたいだってわかったの。表情が正しいのか声色が正しいのかは私にはわからなくて混乱するの。だから、人の気持ちを見ようとするのもやめたんだよね」

「——ポーカーフェイスって言葉があるけど、表情って嘘をつくもんかもな。たぶん、葉月の聞いている声色ってヤツの方が正しいんじゃないか」

表情が嘘をつく——？

その意味がよくわからないけれど……。

私の聞いた声の方が正しいと言われたのはちょっと嬉しい。自分の感覚が間違っていなかったと信じられるから。

「私は表情を読んで人の気持ちを察することはできないんだ。人の気持ちがわからないわけじゃないとは思うけど、そういう努力をするのが嫌になったの。だから、私みたいに人の気持ちがわからないような人と話すのって、わかりにくくて苦痛だと思うってこと」

「どうかな。俺はその方が楽だと思うな」

海斗は明るい声で嬉しそうに言った。そして、食べ終わったお弁当箱を閉じると、私のお弁当箱に残っていた玉子焼きを一つ取って自分の口へ放り込んだ。

「女子ってあれこれ気ぃ遣うじゃん。ああいうの、苦手なんだよね。気疲れしないのかな？　って思っちゃって、こっちが気になるんだ。だから、おまえみたいに人の感情がよくわからないくらいが丁度いいな」

「……そうなの？　だったら、本当に丁度いいかも。でも、無神経なことを言うかもしれないから、その時は教えてね」

私が海斗に顔を向けると、海斗もただこちらを向いている。ほら、言った傍から表情もわからなければ、彼がどんな気持ちでそこにいるのかもわからない。


お風呂上がりに携帯を見ると、海斗からメッセージが来ていた。今まで携帯電話は家族との連絡ツールでしかなかったけど、初めてアドレス帳に家族以外の名前が入った。

内容は他愛もないもので、会話のように返信してはまた暫くすると返信が来た。リビングのソファで髪をドライヤーで乾かしている合間にそんなことをしていると、妹の睦月がソファの後ろに立って覗(のぞ)いて来た。

「葉月ちゃん、誰とLINEしてんの？」

睦月が前髪に付けている大きなスポンジカーラーが私の頬に当たった。

「『葉月ちゃん』じゃなくて『お姉さま』だから。ちょっと顔近いし」

睦月の顔を手で押すと、「ええっ！」と大きな声を出した。

「友達とLINEしてんの？『明日(あした)は駅前で待っている』って、もしかして彼氏？」

「人のLINEを見ない！　ただの友達だよ」

「友達？」

睦月は「わあっ」と嬉しそうな声を上げて私に抱きついてきた。

「良かったね！　葉月ちゃん」

睦月はギュッと抱きつくと、すぐに離れてキッチンで夕食の片付けをしていた母のところへ駆けて行き、興奮したように抱きついている。

「お母さん！　葉月ちゃんに友達ができたみたいだよ！」

「ええっ？　本当に？」

母の驚いた声も聞こえてきた。「葉月、本当に友達ができたの？」カウンター越しに母の顔が私の方に向いている。

「まあね。入学式の時も話していたみたいなんだけど、全然認識できていなくて。昨日から急に話すようになったんだ」

　入学式の時も話したのは覚えているし、毎日挨拶もしていたけど、私としては昨日から急に話したような、そんな感覚でしかなかった。

「しかも、男の子っぽい名前だったよ。彼氏じゃないのかな？」

　睦月が母に囁いていたけど、丸聞こえだった。

「だから、友達だって。そのうち向こうに可愛い彼女ができたら相手にされなくなるかもしれないけどね」

　私は最後に『おやすみー』って送信して、スマホをテーブルの上に置いた。

「葉月ちゃんより可愛い人なんていないから大丈夫」

　睦月は私のところへ犬が駆け寄って来たかのように走ってきて、お腹に抱きついてきた。

　さすが実の妹は優しい。でも、私は自分の顔さえわからないから——。

# 5 友達

次の朝、神部駅の立て看板の横を通ると、美沙の物と似ている星形のペンダントの写真が目に入る。

彼女が発見されたベンチに白い花束を置いた意味を考えると、あの子と美沙が無関係だとはどうしても思えなかった。

そんな思考を巡らせているうちに城光学院駅に着いていた。

海斗と待ち合わせをしていたんだと思い出すと、友達との待ち合わせというものに少しだけ心が跳ねるのを感じていた。

電車から降りると、ホームは城光学院の制服を着た生徒たちで溢れていく。

私はこの同じ制服の人だかりの中、海斗を見つけられるか不安になってきた。

改札の向こうには女子達が集まっている賑やかな様子が見えるから、できるだけその女子達の顔を見ないように改札を通りたかった。あの子たちが美沙や昨日少し話したクラスの子達じゃなければいい、と思いながら。

そのとき改札の横でチリンチリンと、うるさく自転車のベルを鳴らす音が響いた。

オレンジ色の反射板がついた見覚えのある黒い自転車を見て、海斗に女子が群がっていたんだとわかった。

女子達の顔はわからなくても、「葉月ちゃん、おはよう！」という明るい声のする方に、まとめて「おはよう」と笑いかけたら何とかその場をしのげたようだった。

海斗らしき人が私の方へ近づくと、また黄色い声を上げながら女子達はそれぞれ散るように学校へ向かって行った。

「おまえ、普通に一人で行こうとしなかった？」

彼が目の前に立つと、海斗の笑っているような、皮肉さを感じるような含みのある、私には感情の読めない声色が聞こえた。ようやくこの人が海斗だと思えてホッとした。

「女の子達が沢山いたから、それを避けて長谷川君を探そうと思っただけだよ」

私は笑顔で返しながら、横に並んで彼を促すように歩きだした。

「そうか。ここで待ち合わせは難しいかな。なんで女子達はあんなに俺とおまえに興味があるんだろうな」

『俺とおまえ』じゃなくて、私には明らかに海斗に興味があるんだと思えた。海斗が私に構い始めた途端に、みんなから声を掛けられるようになったんだから。

「おかげさまで、目立たないようにしていたのに、最近メチャクチャ目立って困るんだけど」

海斗は歩きながら、こちらに向けた顔だけピタリと動きを止めた。

私の顔を見ているのだろうか。それがどんな気持ちなのか、動いたり声を出したりしてくれないとよくわからない。

「葉月は入学した時から目立っていたよ。別に俺のせいじゃないと思うけどな」

そう言って、海斗は顔を前に向き直した。

目立っていた……？　できるだけ人に接しないようにしていたのに。

もしも目立っていたとしたら、恐らく悪目立ちだろう。

確かに女子は群れる生物だと思うから、友達を作らない人は目立つかもしれない。

でも、そういう目立ち方のうちは放っておいてもらえた。

そんな新種の生物がイケメンで友達も沢山いて女子にも人気の高い、逆の意味で目立つ人と一緒に居たりすると、その途端に興味を持って話し掛けられてしまうのかもしれない。

「それとも、俺と一緒に居るのが苦痛だったりする？」

そういう気にされ方をされると、それは違うと思えた。海斗と話すようになって楽しくなったのは確かだった。

「ううん、それはない。私の変なところを知っても理解してくれる人なんて貴重だもん。私も長谷川君と話していると楽だから」

ただ、心を開きすぎてしまうと、また閉じなければいけなくなることを警戒してしまう。いつでも一人で過ごす日々に戻れるように、心の準備をする必要があった。

私には友達ができなくても海斗には沢山いる。私への興味が薄れたら去って行く、ということを常に頭に入れておこうと思っていた。

普段は澄まして友達はいらないと思っているけど、私は傷つくのが怖いのだ。

傷つくくらいなら一人でいる方が楽だから。

「それなら良かった」

海斗はたぶん、笑ったのだろう。どこか嬉しそうに聞こえる声だった。

そして、また私の頭に手を乗せて髪をくしゃくしゃっとした。

キャアッ！　という黄色い歓声が上がって、やっぱり周りでは女子達が注目していたのか、ということに気づきながら校門を通った。

「長谷川君と話すのは楽しいけど、やっぱりこういう環境は精神的に楽じゃない。そういうことするのはやめて」

「こういう環境って？」

海斗が周りを見渡した。

「ああ、女子達がチラチラ見ているから？」

「それもあるけど、さっきの『キャアッ』ってやつ。あれ、何度聞いても慣れない」

「……ふうん」

『ふうん』って……。

キャアキャア言われたくてやっているのだろうか？

海斗はそんなタイプだとも思えなかったから、少し不思議な気がした。

「今日さ、放課後に一緒に勉強しないか。期末試験も近いし、できれば数学と古文のノートを見せてほしいんだ」

駐輪場に自転車を停めると、海斗は私の肩を軽く叩（たた）いて昇降口へ促した。

「いいけど、数学のノートは家に置いて来ているかも。今日、数学ないし」

「そっか。じゃあ、おまえの家に行ってもいい？」

友達を家に連れて帰ったりしたら、母も妹も大興奮で勉強どころじゃないかもしれない……。しかも男子だったら尚更（なおさら）。

「すっげえ、困った顔しているな。無理だったらいいって。葉月ん家（ち）の近所のファーストフードとかファミレスでも行こう」

海斗にゲラゲラと笑われた。顔を見て困っているってわかるのか。そんなに変な表情をしていたということ？

昇降口で海斗は男友達数人と合流したから、そこで手を振って別れた。その途端、私が靴を履き替えているところにまたクラスメートらしい女子達に取り囲まれた。

「やっぱり、付き合っているんじゃないの？」

「長谷川君とどんな話をするのぉ？」

「また、髪くしゃくしゃしていたね！」

きゃあっ！　って、歓声のような悲鳴のような声が上がって、テンション高く盛り上がっていた。

「長谷川君とは友達で付き合ってはいないよ。ノートを貸してほしいとかそんな話をしたかな。髪くしゃくしゃは迷惑しているからやめてって本人に伝えている」

と、一応全部に答えると、女子達は私の方に顔を向けて静かになった。

「じゃあ、私ちょっとトイレに寄ってから教室行くから、先に行っていてね」

笑顔を作ってそのまま昇降口で上履きに履き替えると、教室へ行く階段とは別の方向のトイレへ逃げ込んだ。

囲まれてしまうと、対人恐怖症かと思うくらい変な緊張感に襲われる。

顔がわからないことへの弊害が、こんな風に出てしまうのは辛い。そういうのに負けたくないという気の強さから普通っぽく装ってしまうのだけど。

トイレの鏡の前に立ち、自分の動きと鏡の動きが合うかを確認して、初めてこれは自分なんだとホッとする。ここには私しかいないのに。

私は通学バッグからヘアブラシを取り出して、胸のあたりまである髪を梳かした。

前に美沙に言われた『髪が綺麗』はわかる。元々は直毛ではないけど、ヘアアイロンでストレートパーマ並みに真っすぐにできるから。『肌が綺麗』もわかる。日に当たらないから日焼けもしていなくて色白で、ニキビもできない体質だから。

でも、顔だけはわからない。自分がどんな顔でどんな表情をしているのか。口を開けるとか、目を閉じるとか、そんなことは見えるけど。自分自身でさえ、隣の人との顔の差がわからない。

「なあに？　鏡を見つめて。『この世で一番美しいのは誰？』って言っているの？」

からかい口調の、聞き覚えのある鼻に掛かった声が女子トイレに響いた。

ドアの方を振り向くと、白いフリルのついた黒いシュシュでポニーテールにしている女子が立っていた。左の首筋にあるほくろとオープンカラーのブラウスから覗いている金の星形ペンダントを確認する。

そのうえで、こんな風に気さくに話しかけてくる女子はほぼ美沙で間違いがないだろう。

「まさか、ただ髪を直していただけだよ」

「ふうん……」

美沙が少し含みのある言い方をして、バッグからヘアブラシを出して少し乱れた前髪だけ直し始めた。

「葉月ってさ、こうやって一対一で話すと全然感じないけど、本当はコミュ障か何かなの？」

「こみゅ……何？」

「コミュニケーション障害。ちがうかもしれないけど。普通に会話も成り立つし、話していると全く変な感じもしないからね」

美沙が首をかしげながら、こちらに顔を向けている。

「ああ、それに近いかも。複数の人と話すのって苦手なの。誰が何を言ったとか記憶するのも苦手だし。多分、それほど人に興味が持てないんだと思う」

みんなに対して、いい人を演じすぎても疲れる。どうせ顔が覚えられないから、そのうち化けの皮は剥がれるだろう。

だったら好感度を下げて、私と仲良くしたいと思わせないようにしたいと思った。

「なんとなく沢山で群がっていて周りに友達がいると人気者、一人でいると友達がいない暗くて寂しい人って構図があるけど、私はそういうのどうでもいいんだ。沢山の人と一緒にいると疲れるし、一人の方が楽なの。多分、私を仲間に入れてくれようとする子達にも、そのうち人違いしたりして、失礼なことを言っちゃうのもわかっているからね」

「そう……葉月は正直だね。羨ましいな、有言実行できるって。フフッ」

美沙の息を吐くような笑い声が聞こえたけど、その声は泣きそうにも思えた。

ほら、こういう矛盾する表現があると、私にはどっちなのかわからない。顔を見ていればわかるものだろうか。

それとも海斗が言っていたように、泣きそうだと思った私の感覚が正解なの？

「葉月は別に一人でいても、暗くて寂しい人だなんて誰も思っていなかったよ。なんていうか、一匹狼っぽい他人を寄せ付けないところはあるけど。多分、私が喋（しゃべ）ったり一緒に買い物に行ったりできたから、みんなも葉月と友達になりたいって思って声を掛けたんだと思う」

「えっ？　そうなの？　長谷川君と一緒に居るようになったからじゃなくて？」

そういえば美沙と話し始めたのも、海斗と話し始めたのと同じ日だった。

美沙はブラシをバッグに押し込むと、小さなポーチからあぶらとり紙を出して鏡を見ながら丁寧に顔に押し当て始めた。

「長谷川君はね、イケメン過ぎて成績も学年トップでしょ？　女子の間では手の届かない存在なんだよね。だから、長谷川君が葉月を好きなんだろうって噂が出ると、それを応援することで楽しんでいるというか。テレビドラマや少女漫画の主人公を応援するようなノリでね。まあ、葉月には迷惑な話だろうけど」

たしかに迷惑かも……。私と海斗が付き合っていないといくら言っても、なんの効果もないのはそんな理由なのか。

「みんなが葉月に声を掛けるのは、長谷川君じゃなくて葉月と友達になりたいからだよ。大体、長谷川君って女子が集まって何か話しかけても、困った顔してあまり話してくれないし」

「えっ？　話してくれないの？」

海斗はフレンドリーに誰とでも話すタイプだと思っていたから、私には少し意外だった。

「でも、私はやっぱり複数の女子の中でお弁当を食べるとか、みんなでお喋りとか、そういうの難しいんだ」

予鈴が鳴ったから、私はブラシを鞄にしまって美沙と一緒にトイレから出た。

「個別ならいい？」

美沙が低い声を出したけど感情までは読み取れない。笑っていないことだけは確かだ。

バラバラと廊下にいた子たちが教室へ入って行く中で、私は速度を落として歩く美沙をふり向いた。

「個別って、友達希望の女子みんなと個別で喋るの？」

それって拷問並みにキツい。その時間でみんなの特徴を覚える気はない。

「……じゃなくて、私は葉月と仲良くなりたいんだけど。また一緒にお茶したり買い物したりできる？」

「うん、勿論。私も美沙と仲良くなれて嬉しいし」

それは本心だった。やはり女友達とのお喋りというものは楽しい。何より美沙は落ち着いていて話しやすいし、気遣いのある優しさを持っていて好感が持てた。

私の携帯のアドレス帳に二人目の友達の名前が登録された。

同時にもう一度心を閉じる準備をする人が一人増えたのだ。

# 6　届かない声

放課後、家に寄って数学のノートを取ってから近所のファミレスに行くことにした。

海斗と一緒に家まで行くと、小さなゲートの前にある階段に小学生の女の子が二人座っていた。たぶん、どちらかが睦月でもう一人はお向かいに住む陽菜（ひな）だろう。

二人とも髪の長さは同じくらいで肩まである。

一人は下ろしてカチューシャをしていて、もう一人は編み込んだアレンジヘアで二つに結んでいる。洋服も二人でよく取り替えっこして着ているから、余計に見分けがつかない。

「葉月ちゃん、お帰りなさい！　何、この王子様みたいな人！」

「このすっごいカッコイイ人、誰？　葉月ちゃんの彼氏？」

似たようなテンションの甲高い声で二人が同時に話し掛けるから、余計にどっちがどっちだかわからない。たぶん、動き方を見てカチューシャが睦月だとは思ったけど、二人とも仕草までよく似ているから自信は持てなかった。

「同じ高校の長谷川海斗君だよ。長谷川君、私の妹の睦月とお向かいに住む陽菜。二人とも六年生。私は部屋に数学のノート取りに行くから、睦月と陽菜は自分で挨拶（あいさつ）してね」

私は妹さえどちらかわからなかったけど、この調子なら自分たちでちゃんと自己紹介するだろう。

「お帰り、早かったのね」

母がキッチンから顔を出したのが見える。少し距離があると、人の顔を気にしなくて済む。ただそこに人がいると思うだけだから。

「友達とそこのファミレスでテスト勉強してくるね」

「えっ？　友達ですって⁉」

声の調子で母のテンションが爆上がりしたのがわかった。もうずっと友達なんて連れて来なかったから、当然といえば当然だろう。

まだ思春期が終わったと言うには早い女子高生の私は、そんな母の反応をうっとうしく感じながら階段を上がって自分の部屋に行った。

「あらぁ、家で勉強していったら？　どうぞ、上がってちょうだい」

階下からそんな母の声が聞こえて、私は慌てて階段を駆け下りた。

海斗が玄関まで連れ込まれていて、靴を履いたまま「もう行きますから」と言っていた。表情は読めなくても、困っているのはよくわかった。

「お母さん、ファミレスで勉強して来るから！　行って来るね！」

強い口調で母に言うと、私は海斗の腕を引っ張って家を出た。海斗はまだ家の前にいる睦月と陽菜に手を振りながら、ゲラゲラと声を上げて笑っていた。

「長谷川君がいたら、家じゃ勉強になんてならないの、わかったでしょ？」

私は少しふて腐れて、すぐ近くにあるファミレスまで案内した。

「いや、いいお母さんに可愛い妹がいていいよ」

もう笑い声は立てていなかったけど、海斗の声は笑っていた。

他の人でも声を立てずに笑っているという時には口調でわかるのだけど。海斗の笑いながら話す時の声は地声より少し高く響くように出て、少し特徴的になる。

「ところで、カチューシャしていた方が妹の睦月だった？」

「ああ、当たり。あの二人は背恰好(せかっこう)も声質もよく似ているよな」

「そうなの。だから、いつもすぐには見分けられなくて。実の妹なのにね」

私は小さくため息をついて、案内された窓際のソファ席に座った。

「俺は、実の親の声がわからなかった」

海斗は向かい合って座ると、窓の方に顔を向けて頬杖(ほおづえ)をついた。

私は何を言われたのかよくわからなくて、海斗の横顔を見つめた。黙って横を向いて静止してしまうと、また真正面とは違う印象になって同じ人なのか自信がなくなる。

「俺さ、実は葉月と一緒にいて楽な理由がもうひとつあるんだ」

相変わらずこちらを見ずに、窓の外へ顔を向けている。

「日常生活にはそんなに支障はないんだけど。俺はさ、高い音が聞こえにくいんだ。特に女子の声が聞き取りにくい。男子でも声質によっては割れて聞こえたりして。つまり、人の声を聞き取るのが得意じゃない」

ようやく海斗が私の方へ顔を向けた。恐らく私を見ているのだろう。

「だけど、葉月の声はハッキリ聞こえる。アルトの澄んだ声で、俺にはすごく聞き取りやすい音なんだ。人との……特に女子との会話でストレスがないって貴重でさ」

「──そうだったんだ。じゃあ、もしかして今朝の女子達の黄色い声も聞こえてなかったの？」

「ああ、そういう声はほとんど聞き取れない。ごめんな、俺が知らないうちに、葉月は騒がれて嫌な思いをしていたんだな」

海斗は手を伸ばして、私の頭の上に手を置いてポンポンと軽く叩いた。こういうの、クラスの女子達が見たら黄色い声が上がるところかもしれない、と思うと苦笑いしてしまう。

「うちの母親の声はすげえ高音でさ。小さい頃は普通に聞こえていたみたいなんだ。でも、物心がつく頃にはほとんどわからなくて。振り向くと母親が泣いていることもあったな。親父の声も兄貴の声もわかるのにな。色々と試して、ボイスチェンジャーのアプリを使って話ができるようになった」

海斗の声は少し低く響いていつものように笑っているようにも聞こえるけど、どこかその口調が哀しそうにも聞こえた。

「今でも母さんの本当の声はほとんど聞き取れなくて、機械を通さないと喋(しゃべ)れないんだ」

そんな話を聞くと切なくなる。母親の声がわからないなんて——。

海斗は少し喉(のど)を詰まらせていたから、これは泣く寸前かもしれない。

私は思わずポケットの中からハンカチを取って海斗に差し出した。

「なに？　俺、泣いているように見えるの？」

海斗の声が高く響き、まるで笑っているんだとアピールしているようだった。

「ていうか、これから泣くような気がした……」

「泣くかよっ」

今度は声を出して明らかに笑いながら、私の頭に手を乗せた。

「おまえの方が泣きそうな顔してんぞ！　ハハッ」

「そんなことないけど……」

だって、切ないじゃない。海斗を差し置いて私が泣くわけにはいかないけれど。

小さく笑い声をあげて、海斗がメニューを私に見せるように広げた。

「まだ注文もしていなかったな」

私は気づかなかったけど店員さんが注文を待ち構えていたようで、メニューを広げたら呼び鈴を押してもいないのに寄って来た。

「数学と古文だけど、あの担当教師二人とも声が高いじゃん？　俺、ほとんど聞き取れないんだよな。だから、中間試験は今ひとつでさ」

注文を取って店員が去った後、海斗は笑い声交じりに話した。

「あの高校さ、えげつないよな。今は競争させないって意識の強い世の中だろ？　なのに、進学校だかなんだか知らねえが、相変わらず首席と次席だけは発表するだろ？」

「──中間もやっぱり学年トップだったじゃん。首席だったでしょ？」

「いや、数学と古文だけはおまえがトップだったんだ」

私はそうだったかな？　と首をかしげて考えた。

「総合的に学年で次席だってことしか記憶にないけど」

たぶん中間試験が終わった後に、廊下に首席と次席だけ貼り出されたのと、先生に口頭で次席だったと言われたくらいだと思うけど。

「そんな細かい情報、なかったよね？」

「ハハッ。個人的に聞きに行ったんだよ。満点じゃなかったのが数学と古文だったから、それがトップだったのかどうか」

「……そうなんだ」

わざわざ聞きに行くんだ、と言いたくなったけどそこは本人の自由だ。

よくわからないけど、なにか順位にこだわりがあるのかもしれない。

「だからさ、あいつらの声が聞き取りにくくて、ノートをきちんと取れないから写させてほしいんだ。葉月のクラスも教科担当は一緒だろ」

私は二冊のノートを鞄から出して「どうぞ」と差し出した。

「サンキュ。すげえ見やすいな、葉月のノート。字もしっかりしていて葉月の字って感じだ」

そんなことを嬉しそうな声で言う海斗を見て、私は少しだけ親近感が湧いた。

この人もコンプレックスをバネにして勉強を頑張ってきたのかもしれない、と思えたから。

「だけど……おまえにしてみたら、ライバルに協力しているみたいなものなのかな」

私が英文法の問題を解き始めた時、ふいにノートを写す手を止めて海斗が顔を上げた。

「ライバルに協力？」

「俺が聞き逃さずにちゃんと勉強したら、数学も古文も全部トップになっちゃうだろ」

海斗は清々しいほど自信満々だった。

「別に、順位争いをする気はないから。長谷川君が実力でトップを取れるならそれがベストでしょ？」

「確かに、葉月はトップとか関係なさそうだったもんな」

持っていたシャーペンを片手でクルクルと回しながら、海斗の顔がこちらを向いている。その視線の先も読めないけれど、きっと、私を見ているのだろう。

「長谷川君は順位に興味あるの？」

「順位というより、いつも満点を取るつもりでいる。だから、トップで当然なんだ」

たしかに、全て満点だったら自動的にトップになる。

「中間では古文も数学も授業で話したことを聞き逃していて、満点ではなかったんだ。葉月も全教科満点を取って、一緒にトップになろうぜ」

海斗は嬉しそうに地声よりも少し高い声を響かせた。


二人で勉強しているとメチャクチャ集中できてしまって、時間が経つのがとっても早かった。

神部駅まで海斗と一緒に街灯の少ない道を歩きながら、すっかり遅くなってしまったな、と思っていた。

「長谷川君って、家は学校の近くなの？」

「最寄り駅は城光学院だけど、学校からはチャリで十分くらいかな」

「じゃあ、帰ったら九時半過ぎちゃうね」

「あれ？　おまえの家、通り過ぎてない？」

改札まで来て、ようやく気づいたように海斗が通って来た道を振り返った。

「うん、長谷川君を駅まで送って来てあげたの」

「もう暗いから、家まで送るよ」

また戻るつもりなんだろうか？　と思うと可笑しくなって、笑って首を横に振った。

「大丈夫。家までずっと大通りで危険じゃないから」

立ち止まると、私は改札から見えるホームのベンチを指差した。

「ねえ、三年前にあそこで女の子の遺体が見つかったの、知っている？」

「ああ、この駅だった？　そういう事件あったよな」

「ちょうど、睦月と同じくらいの年頃の女の子だったんだよね。その事件があった早朝、この辺一帯に警察が車でアナウンスして回ったの。『七、八歳くらいの女の子の遺体が駅で見つかりました』って。私と両親で慌てて睦月の部屋に飛び込んだのを覚えている」

そんなことも知らずに、睦月は無邪気にベッドで眠っていた。

あの時、睦月じゃなくて良かったと心底思ってしまったが、知らない子だったら良いわけじゃないのに、という気持ちでいっぱいになった。

「結局、名乗り出た家族はいなくて……。テレビで全国にも流れていたのに、あの子は未だに身元不明のままなんだよね」

海斗は身体ごと真っすぐ私の方へ向いて、静かに私の話を聞いている。

「なんかね、私とは逆だなって思ったの」

「……逆って？」

「だから、私は人の顔がわからないでしょ？　でも周りは私の顔がわかるよね。あの女の子の顔はみんな知ってるのに誰だかわからない。真逆の状態なのに、なんだか私に似ている……って、よく考えていたの」

私がそう言って俯くと、いきなり海斗が抱きしめてきた。

反射的に両手で海斗の胸を押して「何してんの？」と睨んだ。

「ああ、ごめん。泣くのかと思ったから」

「泣くかっ」

少し大げさにケラケラと笑ってみせた。

「っていうかさ、目の前で女子が泣いたら抱きしめるんだ、長谷川君って」

「……女ったらしみたいに言うなよ」

不愉快そうな口調で横を向いた海斗を見ながら、私は「ちがうの？」ともう一度笑った。

まあ、彼が本当に抱きしめたい女子は私みたいな気を遣わなくて済む女子じゃないだろう。

そう思うと、海斗の優しさを感じてほっこりする。

だけど、本当は少し泣きたかったのかもしれない。

死んだ時に自分を知っていると名乗り出てくれる人が誰もいないって、とっても哀しいことだと思ってしまう。

きちんと顔も名前もあって存在していた人のはずなのに、死んでしまって顔も名前もその存在さえもなかったものになってしまうなんて……。

私は自分の身近な人が死んでも、遺体を見てその人だって思える自信がなかった。

動かなくなって声も聞けないその人の死に顔がわからないなんて、その人が死んだ実感を得られないような気がする。

「やっぱり、送って行く」

海斗が私の肩を押して、さっき来た道を戻ろうとした。

「えっ、いいよ。大丈夫」

私は断ったけど、海斗に腕を摑(つか)まれて家の方へ向かった。

「おまえさ、あの小松って子とか、クラスの女子には話していないの？　その、顔の区別がつかないこと」
「女子にはなかなか言えないかな。色々とトラウマがあって。まあ、女子は美沙とし
か仲良くしていないんだけどね。家族以外で理解してくれたのって長谷川君だけだよ」
「……俺は、まだ会った時に名乗らなきゃいけないんだよね？」
少し考えてみたけど、海斗はほぼ毎回名乗ってくれて、自転車があればわかる。
「手掛かりが自転車とメガネだけだったら、同じ制服を着た男子の中では難しそうだ
な。声はなんとなくわかるんだけど……」
声はよほど特徴がない限り、慣れるまでは確実にその人だと思えるのに少し時間が
掛かる。
視覚がダメなら聴覚が鋭くなると聞いたことがあるけれど、それはきっと、目から
の情報が入ってこないから、耳からの情報に集中できるということだろうと思えた。
私の場合はただ顔の見分けがつかないというだけで、残念ながら声の聴き分けが特
別に長けているわけでもなかった。
「たとえば人混みの中で私服だったりしたら気づく？」
「見かけたら気づくかってこと？　かなり慣れた人じゃなきゃ絶対に無理。わからな
いと思う」
たとえば肩を叩かれて、名乗ってくれたらわかるだろう。ただ、黙って歩く知り合

いを人混みで見つけるなんて不可能だと思えた。

いつのまにか家の前まで着いていたが、海斗は手を放さずに私の方を向いている。

「あのさ、赤と白のシマシマ模様の『ウォーリーをさがせ！』ってやったことある？」

「絵本の？　あれは同じ絵を探せばいいだけだからできるよ。二次元のものは大丈夫」

「じゃあ……実写版ウォーリーをさがせ！、やってみない？」

私は意味がわからず海斗の顔を見ると、海斗は私から顔をそらした。

なんでそらしたんだろう？

「葉月、帰ったの？」

玄関の電気が点いて母の声がすると、海斗は掴んでいた私の腕を放して「またLINEする」と言いながら片手を挙げて駅の方へ走り去った。

「ずいぶん遅かったわね。お夕飯は食べてきたんでしょ？」

母がドアを開けたので、私は小さな門を開けて中に入った。

「うん、長谷川君って頭が良くて。一緒に勉強していたら凄く集中できたの」

「あら、長谷川君っていうのね。お母さん、紹介してもらえなかったわ」

そうだったっけ。睦月に紹介したあと、母は家に入れようとしていたから、それを阻止することしか頭になかった。

「次回があれば、お母さんにも紹介するね」

私は母の前を通りすぎて階段の方へ向かったが、足を止めて振り返った。

「でも、家の中には入れないから、今日みたいなことはやめてよね」

二階の自分の部屋に入るとLINEの受信音が鳴った。

スマホ画面を見ると海斗からだった。さっき別れたばかりだから、歩きながら送っているのだろうか。

制服のままベッドに寝転がって確認すると、『今度の週末、空いていたら〝実写版ウォーリーをさがせ!〟やろうぜ』って書いてあった。

『何それ? どういうゲーム』

『ゲームっていうか、人の多い場所で俺と待ち合わせしたらそうなるだろ? 見たい映画があるから、付き合えよ』

『断る。そういうのは気になる子か好きな子でも誘いなよ』

『ホラーだから、そういう子は誘えない。ペア招待券が当たったんだ。映画なら男と二人より女子の方がいいかなって』

海斗にとって気軽な女友達ということだろう。人の多い場所で待ち合わせをすることが、私には難易度が高いのだとわかっていない。冗談じゃなくて、本当にリアルなウォーリーをさがせ! 状態になる。

それは、待ち合わせ自体に苦手意識があるということもそう。誰が誰かわからない世界にいる、という感覚に襲われてしまうことがあるからだろう。

小さくため息をついて、またメッセージを打った。

『赤いシマシャツ持っているの？　目立つ恰好じゃないと、本当に探せないんだから。待ち合わせで会えても、映画館に着く前にはぐれるよ』

『わかった。シマじゃないけど、赤いシャツ着て行けばいい？』

『そこまでして観たい映画なら、付き合ってやる！』

半ば自棄になって返信して少し後悔した。人混みほど苦手なものはないのだから。

それでも『サンキュー』って嬉しそうなスタンプが来て、まあいいか、と思った。

私はホラー映画なんてそんなに興味もないけど別に怖くもない。とはいえホラーを観たいという気持ちはわからなかった。

今まであまり人が喜ぶことをしてこなかったから、海斗がちょっとでも喜んでいるならいいや、という気持ちになったのかもしれない。

私自身も海斗と出かけるということに興味を持っているのだと感じていた。

不安や恐怖の方が大きいから楽しみなわけではないのだけど……。

まだ小学校に上がって間もない頃。母と二、三歳だった睦月と三人で大きなショッピングモールに遊びに行った。特設ステージでは子ども向けのショーイベントをしていて、私が行きたいとねだったんだと思う。

「おしっこ！」

イベントの途中で、急に睦月が騒ぎ出した。ステージには私の好きなキッズダンスグループが出てきたところだった。

「ちょっと睦月をトイレに連れて行くから、葉月はここで見ていてね」

母に言われ、私は「わかった」と言って、始まったダンスを夢中になって見ていた。

三曲ほどのダンスが終わると、私の好きなキッズダンスグループが手を振って去って行った。ステージには他のグループが出てきたから、私は我に返って母を探した。

さっき母が座っていた隣のパイプ椅子には、もう知らない女の子が座っていた。うしろをふり向くと、たくさんの人がいて、たくさんの見知らぬ顔がある。

顔と言っても、みんな同じように目と鼻と口があるだけ。まるで風船にスタンプが押されたように、同じものがずらりと並んでいるようにしか見えない。

髪型や服装や体形が違う、同じ顔がいっぱいステージに向かっていて——。

私は急に怖くなった。

それまでは、そんな感覚をもったことなんてなかった。私には顔の識別ができないのは当たり前で、声や髪型や体形、動作なんかで人を見分けていたから。覚えるのに時間が掛かることはあり、人違いもよくしていたから困ることはある一方で、顔がわからないからといって、怖いと思ったことなんてなかった。

最前列に座っていた精神的にも幼く体も小さかった小一の私は、こちらを向いて熱狂している沢山の同じような顔たちに圧倒されていた。

「お母さん……」

母の姿を探すけれど、混乱して今日の母の服装を思い出せない。

今までは顔なんてわからないと思っていたから、大して顔に注目なんてしなかったのに。顔が同じだと感じると、たくさんの同じ顔ばかりが目に入ってくる。

睦月と一緒にトイレに行く、と言ったお母さんの言葉を思い出し、私は席を立って沢山の同じ顔の横を通り抜けて近くに見えたトイレに向かって走った。

「葉月！」

ふいに人混みの中から母の声がした。ふり向くと、たくさんの顔がステージを向いている中、最後列の見慣れた長いスカートを穿いた女の人が私の方へ近寄ってくる。

「ごめんね、うしろの方にいたの。探してた？」

たしかにお母さんの声なのに、周りの人と同じ顔――。

「はーちゃん」

可愛らしい声がして小さな手が私に伸びる。これが睦月だとわかるけど。

睦月の小さな顔まで、他のたくさんの顔と同じだった。

私は怖くなって泣き出した。

「あらあら、もう小学生になったんだから、お母さんがいなかったくらいで泣くのはおかしいわよ」

母は一人で心細かっただけだと思ったようで、その声は笑っていた。それがまたショックで余計に泣いてしまった。


そのショックから立ち直ってからは、できるだけ顔に注目しないように心がけることにした。それでも、大勢の人がいると、同じ顔がたくさんあるという感覚が恐怖となって降ってくることもあった。

未だに私は人混みや人の多い場所というものが苦手で苦痛だった。

学校なら、高校生の集団だとか同じクラスに誰がいるという認識があれば、それを恐怖として捉えないよう心掛けることもできるのだけど……。

# 7　好きな人

「それって、デートのお誘いじゃない？」

休み時間に教室前の廊下で美沙に海斗と映画へ行くと話したら、美沙は私の耳元で囁(ささや)いた。

どうしても、そっちへ持って行かれてしまうのか……。

「違うよ。ホラーだから好きな子や気になる子は誘えないって言っていたもん」

「だって、長谷川君の好きな子って……」

「私じゃないからね。みんなが勝手にそう思っているだけで、お互いに一緒にいて楽な友達なの」

異性の友達が成立するかどうか、なんてよくいうけど、きっと美沙は成立しない派だろう。表情はわからなくても、納得していないのが伝わってくる。

「どうした？　険しい顔して。何の話？」

壁に寄りかかっている私の横から声がした。

この背丈とこの声とこのメガネは海斗でほぼ間違いないとは思うけど。海斗はいつも名乗ってくれるから、名乗らないとやっぱり自信が持てなかった。

「あ、丁度良かった。長谷川君の話をしていたんだ」

美沙が少し高い声を出して名前を言ったから、やっぱり海斗だったとわかった。

「ん？　何の話？」

「長谷川君って好きな人いるの？」

また美沙の声が上ずったから、海斗はよく聞こえなかったようで私の方を見た。

このタイミングでこっち見たら、私を好きという意味に取られるじゃない。

「長谷川君は好きな人いるの？　って聞いたの」

単に美沙の声が小さかったんだよ、ということにする為に、私は少し大きめの声で言った。

「ああ、なんだ。いるよ」

海斗は美沙に向かっていつもの調子でハハッと笑った。

「あ、本当にいるんだ」

思わず私は海斗の顔を覗きこんだ。認識できるのは、その細い黒縁メガネだけだけど。

「だったら、一緒にお昼とか映画とかって、その子に誤解されて良くないんじゃない？」

「こういう鈍感なヤツだけど、こいつが好きなの、俺」

海斗がまた笑い声を上げながら美沙に向かって言った。

少しの間、私達の立っている周りが静まり返った。

次の瞬間、男子の冷やかしの声と女子の黄色い悲鳴が廊下中に響き渡って、私は思わず海斗の腕を引っ張って悲鳴が聞こえなくなるまで走った。

「どういうつもりなの？」

鍵が掛かっていなかった適当な空き教室に逃げ込むと、私は海斗の腕を放して睨みつけた。海斗はここまで走ってくる間も、ゲラゲラと笑い続けていた。

「いや、面白いなって思って。みんな、意外と聞き耳立てているのな」

「ぜんっぜん笑えないんだけど。こっちは必死になって否定してんのに」

私は勢い良く走って来て息を切らしていたけど、頭にきていてゼイゼイ言いながらも言うことはしっかり言った。

「なんで？　おまえの方に好きなヤツでもいるの？」

「いないけど――。長谷川君って、モテるのがウザいから、私と付き合っていることを否定しないの？」

「別にそういうわけじゃないけど……。やっぱり女の子の高い声って、本当に聞こえにくいんだよな。今も騒がれたんだろ？　注目浴びたのはみんなの視線でわかったけど、女子の声は何となくしか聞こえなかったな」

それで、女子避けであんなことを言ったというのだろうか。

「長谷川君、本当は今いないの？　好きな子いるっていうのは冗談？」

「――いるって言えば、いるけど」

「……それって――もしかして、声が聞き取りにくい子なの？」

海斗は目の前にあった椅子に座ってそっぽを向いた。きっと、これは図星ということだろう。

それはちょっと哀しいなあ……。そう思った途端に、涙が溢れてきた。

「なんで泣いているの？」

海斗が驚いたような声を出したから、いきなり泣くなんて恥ずかしいけど止められない。

「だって、好きな子の声がわからないって切ない……」

「はっ？　そっちか……」

私は海斗の隣の椅子に座ると、ハンカチを出して顔を埋めて泣いた。

「おまえ、自分のことでは泣かなかったのに、そんなことで泣くの？」

お母さんの声もわからないのに、好きになった子の声も……。そう思うと、泣かずにはいられなかった。

「あのね、好きな子の声が聞き取れないより、誰の顔もわからない方が不幸だって思えるなら、そう思ってくれていいよ」

おかしな言い方をしているのはわかっていた。自分のことを不幸だなんて思ったことはない。

ただ、私の方が不幸だと思えたら、海斗が少しでも楽になるんじゃないか。

「なんだそれ。おまえ、泣いてひってえ顔になってるぞ」

海斗がまたゲラゲラと笑って私の髪をくしゃくしゃにした。

結局泣いているうちに休み時間が終わって、みんなには否定することもできず、私達はまるで付き合うことになったように見られてしまった。

海斗は好きな子に誤解をされる結果になってしまったのではないだろうか。


「ねえ、なんでここで食べるの？」

昼休みに海斗が校舎の裏に来たから、私は思わず聞いてしまった。

「……ここに来た時は俺だってわかるんだな。さっき、廊下で名乗り忘れたからわからなかったろ？」

「わからなかったわけじゃないんだけど、長谷川君だっていう自信が持てなかった。ここには長谷川君以外は誰も来ないし、そのランチバッグは覚えた」

「ふうん」

海斗は私の質問には答えずに、いつも通り隣に座ってお弁当を広げた。

「好きな子に誤解されても良(い)いの？」

「俺の勝手じゃん。それより、土曜日でいいの？　映画。日曜の方がいい？」

あ、話を逸(そ)らした。つまり、好きな子のことは触れるなってことか。

「うん、土曜日で大丈夫」

「葉月はホラーって大丈夫なの？」

「登場人物が混同しちゃって映画は全般そんなに得意じゃないけど、長谷川君がそんなに観たい映画なら付き合うってば」

海斗はパッと私の方を向いたけど、何か発するわけでもなく身動きもせずにいる。

これは驚いているの？　それとも怒っている？　こういうの、気にしたくないんだけど。

「どうかしたの？」

「そっか、顔がわからないと、映画ってダメなのか」

「だから、はじめに断ったじゃない。人の多い場所での待ち合わせも苦手だって。気を遣ってくれるなら、今からでもキャンセルしてくれていいよ」

私はお弁当を広げて箸(はし)を取ったけど、なんとなく食べる気持ちになれなかった。

普段行かない場所で私服を知らない人との待ち合わせも、人の多い映画館へ行くのも、私には随分と難易度が高いことばかりだった。

「苦手なことは色々とあるかもしれないけどさ。別に今からなんでも諦める必要はないだろ？　可能性はまだいっぱいあるんだからな」

海斗はそう言うと、土曜日の待ち合わせの場所や時間について話し出した。

本当に人混みの中で待ち合わせして、土曜日の昼間の映画館という難易度の高い場所に行くのか……。

私は一気に憂鬱になってしまった。


放課後、私は一人で学校の図書室で試験勉強をしていた。

県内でもトップクラスの高校だけど、試験前二週間を切っていても図書室で勉強をしている生徒は僅かだった。みんな受験勉強から解放されたから、部活に入ったり高校生活を楽しんだりしているんだろうか。

私は結局、勉強をしている時間が好きなのかもしれない。集中して勉強をしている時は自分が何者であるかも忘れられて、それがとても楽だった。

少し休憩がてら図書室の本棚を見て歩いていると、入口の方から男子数人の賑やかな声が聞こえてきて、静かな空間を乱した。

「おまえ、本当にストーカーみたいだぞ」

と一人の男子が笑い声をあげている。ストーカーと言われた男子が誰かを探しているようだった。

「昇降口に靴があるから、まだ家に帰ってないってことだろ？　ここだと思ったんだけどな」

「昼休みもストーカー並みに居場所突き止めているし、そんなに好きなのか？　香山葉月」

えっ？　私？

私を探しているの？　昼休みって……。

「あいつは俺のこと、完全に友達だと思っているけどな」

かなりハスキーな特徴的な声。知らない声だと思うんだけど。

昼休みに居場所を知っているのって、海斗だけじゃないの？

この声は海斗だろうか……？　このハスキーな声は全然違う気がするけど、しゃべり方は似ていなくもない。

ちょっと動揺して頭が回らない。わかっているのは、男友達で昼休みに一緒に居るといったら海斗しかいない。

海斗は本当に私のことを好きだったの……？

本棚の陰から出られずにいると、男子達はそのまま図書室から出て行った。

すっかり勉強をする気がなくなってしまい、私は鞄(かばん)に荷物を入れて帰る支度をした。

「あ、おまえどこにいたんだよ」

昇降口で男子生徒に声を掛けられた。長身で黒フレームのメガネ。多分、海斗だろうと思ったけど、その声は昼休みに話した時とは全然違う、図書室で聞いたようなハスキーボイスだった。私は黙ったままその男子のメガネを見た。

　メガネの奥に目があるけれど、そっちに注目すると余計に誰かわからなくなる。

「悪い、俺だよ、長谷川海斗」

　やっと名乗ったけど、その声だけは明らかに違う。

「――その声、風邪ひいたの？」

「いや、ちょっと体育でデカい声出し過ぎた。そんなに違うか？」

　私にはかなり違うように感じる。

　やっぱり海斗がさっき私を探していた男子だったのだろうか、という思考が頭を過(よ)ぎる。聞き慣れないハスキーボイスも、図書室に来た男子と同一人物かどうかまではわからなかった。

　だけど、これは状況的にそうだとしか思えない。

「図書室で勉強していた。どうかしたの？」

「海斗のヤツ、ずっと香山のこと探していたんだよな」

　冷やかしながら海斗の友達が二人、笑い声と共に去って行った。

た。

「うん、いいよ。って言っても駅までだよね？」

私は笑ったつもりだけど、さっきのことが気になって上手く笑えたか自信がなかった。

「……一緒に帰ろうと思って」

海斗は他に好きな子が居るわけじゃないのだろうか……？　考えてみたら、全部私の勝手な解釈だったのかもしれない。海斗自身が他の子を好きだとハッキリは言ってない……気がする。

顔がわからないからなのか、人付き合いにウンザリしたからなのか、私は誰かに恋愛感情を持ったことがない。

恋愛をするには顔とか表情がわかることが必要なのかもしれない。内面が好きっていうのは確かにあるけど、ときめきとか、胸キュンとか、そういう類のものはわからない。

たぶん、私は誰とも恋愛なんてできないと思う。

恋愛に限らず誰かとの関係に深く踏み込むつもりはなかった。もしも海斗が私を好きだったとしても、海斗を傷つける結果になるだけだろう。

海斗が私を好きなのかどうかもハッキリわかってはいないから、ただの勘違いならそれでいい。

だけど、彼の中で楽な相手から好きな相手に格上げになる可能性がゼロじゃなければ、もう海斗と会うべきじゃないのかもしれない。

そんな風に考えるのは飛躍しすぎだろうか……？

「葉月、何か考えているの？」

海斗が私の腕を摑んだ。

「上履き、履き替えてないけど」

私は足元を見ると、確かに上履きのまま昇降口を出ようとしていた。

「ああ、ちょっとボーッとしていた」

急いで靴箱のところへ戻って、靴に履き替えた。

「おまえもそんな抜けているところがあるんだな。なんか、可愛く見える」

この人は私を好きなのかも？　って思った途端に可愛いなんて言われると、本当に好かれているんじゃないかと思ってしまう。

万が一、本当に海斗が私を好きだったとしたら、面倒なことを避けるためにも告白をされることだけは避けたい。

だって確実に傷つける結果になるのだから……。

# 8　待ち合わせ

土曜日は気乗りしない私の気持ちとは裏腹にとってもよく晴れていた。

待ち合わせは神部駅の改札口だった。神部はショッピングセンターがある大き目の駅だから、土曜日の人通りもかなり多い。

目印の赤いシャツを探すと、改札のすぐ横に一人真っ赤なシャツを着た人がいて、少し離れた柱の所にエンジ色に近い赤いシャツを着た人がいた。それから、券売機の横にも赤いポロシャツの人がいたけど……シャツではなくポロシャツで少し背が低くてシルエットが丸いから……海斗ではないだろうとわかった。

真っ赤なシャツの人は背恰好が似ているけど、メガネをかけていない。でも、エンジ色の彼もメガネが青いフレームだった。背恰好は二人とも似ているんだけど……誰かを待っている様子で動きがない。二人とも決め手がなくて違うような気がする。

約束の時間の五分前だから、まだ来ていないのかもしれない。私は改札の近くの壁にもたれて海斗が来るのを待った。

五分経っても他には赤いシャツの人は現れず、携帯にメッセが届いた。

『ウォーリーからは声を掛けないぞ。おまえから見つけろよ』

海斗はもう来ているのだろうか。じゃあ、あの真っ赤かエンジ色かどちらかだ。

私はエンジ色のシャツの人の方へ寄って、チラリとその人へ視線を送った。携帯でも出してくれたら、海斗のはわかるのだけど。黒いスマホにスポーツショップで貰ったという、青いストラップがついている。

そのエンジ色のシャツの人は誰かを待っているようで、改札の方へ顔を向けている。メガネも違うけど……この人のような気がする。でも、髪型がいつもの海斗より整っていて、少し違うような気がして決め手がない。

次に真っ赤なシャツの人を近くで見た。だけど、この人はメガネをしていない。それに髪の長さが少し短いような気がする。今日はコンタクトで、髪は昨日切っているとか……そんなことないよね？

やっぱり携帯も出していなくて、違うという決め手もない……。

私はまた壁のところに戻って、海斗にメッセージを打った。

『柱のところにいる、エンジ色っぽいシャツの人が長谷川君？　ただ、メガネがいつもと違うから決め手がないの。喋ってくれないかなぁ』

声を聞けばわかるような気がする。昨日のハスキーボイスのままじゃなければ。

ふいに、私の前にさっきのエンジ色シャツの青メガネ男子が立っていた。

「一人でいるのに喋れるか」

その声はまだ少しハスキーだったけど、確かに海斗の声だとわかった。やっぱり、この人だったのか。

「長谷川君、いつもとメガネフレームの色が違うのはズルい。それに、それは赤じゃなくてエンジ色だよ」

海斗だとわかった途端に気が緩み、口から不満が飛び出した。

「ごめん、そうだよな。メガネは昨日フレームが曲がっちゃって、違うのを掛けてきたんだ」

「髪型だって、なんか違う。いつもより丁寧にセットしてるでしょ？」

「これは、まあ、学校と違って出かけるから——。そっか、メガネも髪型も見分けるポイントのひとつなら、事前に伝えなきゃわからないよな」

「そういうこと。私から見つけるなんて難しいんだよ」

海斗が私のことを好きなんじゃないかって思ったりもしたけど、好きでもそうじゃなくても、どうせ今日一緒に出かけたら嫌になるだろうと思えた。

私という人間の面倒臭さが嫌というほどわかるだろうから。

そう思って今日は苦手な場所でも頑張って挑もうと決めて来た。

「じゃあ次の待ち合わせから、俺の『今日のファッション写真』と『今いる場所の細かい情報』を送る。それなら簡単に会えるだろ？」

「……それ、有難いかも」

意外と前向きに考えてくれるんだ。待ち合わせの度にどこにいるかわからないウォーリーを探すのは大変だからね。今日はゲーム感覚だったとはいえ、海斗から声を掛けてくれないと確信なんて持てなかったと思う。

ていうか、さりげなく『次の待ち合わせから』とか言われていて、なんだか海斗のペースに乗せられているような気がした。

別に海斗と次に会いたくないということはないけど……。海斗の方が彼氏として付き合いたいなら、やっぱり私には難しいと思う。

「じゃあ、行こうか」

海斗が改札の方へ促した。神部にも映画館があるから、てっきりここで観るのかと思っていた。

「違うところに行くの？　ここにも映画館あるよ」

「神部には葉月を迎えに来ただけ。少し遠いけど竜谷駅まで行こう」

竜谷はこの辺ではかなり大きな駅だった。神部でも休日は混むからあまり歩きたくないのに、これ以上大きな駅の人混みを歩くのは緊張感が伴って疲れるのだけど……。

コンパスの差だろうか、海斗は歩くのが速い。私も女子の中では背が低い方ではなくて、まあ高くもないから普通だけど。

海斗はエンジ色のシャツに下はジーンズに黒いシューズという、そんなに目立つ服装ではない。よく覚えておかないとすぐにはぐれそうだから、私はできるだけ早足でついて行った。

「おまえ、このまえ泣いたじゃん」

電車の中は空いていて、私が座ると海斗もとなりに座った。

「あれさ、俺に好きな子がいるって聞いて泣いたのかと、一瞬だけ自惚れた」

そう言った海斗の声はやけに穏やかで、真っすぐ私の方に顔を向けている。

なんかもう、海斗は私のことを好きなんだとしか思えなくなってきたけど、本当にそうなのか自信があるわけでもない。

私は思わず目を逸らして前を向いた。

「あれは……、だって長谷川君はお母さんの声も聞こえないのに、好きな子の声も聞こえないなんて……。って思ったら、すっごい辛いだろうなって切なくなっちゃって」

「うん、自惚れは一瞬で終わったから大丈夫。だけど、俺は好きな子の声は聞こえるんだ」

やっぱり、これって私を好きだと言っているの……？　それとも、全然違う子の話で恋の相談をしたいのだろうか？

相談されてもきっとアドバイスなんてできなくて困るけど。それでもそっちの方がいいと思った。

「長谷川君の好きな子って、どんな子?」

「そうだな、真っすぐな子。考え方も感情表現も、素直で真っすぐだなって思う」

「ふうん……」

漠然としているな。好きな子が私なのか違うのか、それが知りたいのだけど。

私は素直ではなく、捻くれている方かな——とは思う。

「それって、長谷川君と似ているね」

「ハハッ、そうか? 実はさ、その子と似ている部分が結構あると思っているんだ」

海斗に似ている子? ってことは、やっぱり私は全然違うよね?

いつもポジティブで積極的で、人なつこくて陰りがない。

そんな女の子がいるなら、たしかに魅力的で海斗とお似合いかもしれない。

「目が好きなんだよなぁ」

「目が好き?」

顔のパーツが好き、という意味がわからない。それって、手のひらが好きとか、足の指が好きと言っているのと同じに聞こえる。

うなじが好き、って聞くとちょっと色気のある感じがするけど。目が好きってどういうことだろう？

「視線がさ、やっぱり真っすぐなんだ。真っすぐ俺の目を見るんだ」

これは私じゃない。

うん、１００％違う！

そもそも私は人の目を見ることはない。みんな同じ目をしていると感じると、恐怖が降ってくる気がするから。

疑惑があっという間に解決してホッとした。今まで気が張っていたのが一気に緩んで、とっても楽になったのがわかった。

私はこんなに想われることを拒否していたのか、と思うと可笑しくなる。

きっと誰もが憧れるようなイケメンの長谷川海斗なのに。

ということは、恋の相談の方か。

単純なもので、楽しみながら聞いてあげようじゃないかという気持ちになる。

「真っすぐな視線って、それは私にはわからないなあ」

「そうか。真っすぐ見られると、それだけでドキッとしたりするんだよな」

「へぇ……。目って顔の一部でしょ？　目が好きっていう意味がよくわからないの」

人に魅かれるのに顔の要素が大きいってことを聞くことはある。

別に顔の造りだけじゃなくて、笑顔が好きだとか照れた表情が好きだとか、そういう言葉を聞くような気がする。

「私は人の顔がわからないから、視線だけでドキッとするとか、一目惚れとか、そういうのもわからない。なんか、羨ましいな」

「……葉月は心っつうか、性格っつうか、そういうので好きになるんだろ？　それでいいじゃん」

そうか、海斗は顔がわからない人は心がわかるだろう、って思っているのか。

「顔がわからないと、人を好きになるのは難しいんだと思う。きっと、表情で好きになっている人も多いんじゃないのかな？　顔がわからなくても人柄はわかるし人間としての好き嫌いはあるけど。恋とかときめきとか、そういうのって本当にわからない」

海斗が私の方に顔を向けたけど、何を思っているのかは全然わからない。

「それにね、表情を読み取れないと……その人の心もよくわからないことが多いんだよね。だから、顔も心もわからないと、人を好きになんてなれない」

暫くの間、海斗は前を向いて何も言わなかった。何か考えているのだろうか？

私も前を向くと、電車は鉄橋を渡っていて窓から陽の光に照らされた川が見えた。

川って好きだな。川を思い出そうとすると、キラキラと陽の光を浴びて流れる水の下に見える小石たちや、落ち葉が揺れながら水に流される様子が目に浮かぶ。川の流れは一日中でも眺めていられるような気がする。

そんなことを考えているうちに、電車は鉄橋を越えて川も見えなくなっていった。

「じゃあ葉月と付き合うヤツは、自分の心を伝えればいいんじゃないか」

海斗も川を見ていたのだろうか？　川を通り過ぎた時に、ふいに話し出した。

「顔を見せてやることはできなくても、心を伝えることはできるもんな」

この人は気持ちがいいほど前向きな考え方をするんだ……。

いつでも真っすぐ物事を見る海斗と話をしていると、私は自分が生きやすいように楽に楽にと考えて、どうしても逃げの姿勢で生きているような気がして恥ずかしくなる。

だけど、そうやって自分を守らないと生きてこられなかった……。

「もしも私と付き合ってくれるような奇特な彼氏でもできたら、今の言葉を伝えてよ。私も相談に乗れるかわからないけど、好きな子の話をしたかったらいつでも聞くし」

「……うん。好きな子の話は本当はめっちゃしたいんだけど」

海斗は小さくため息をついてから口を閉じた。

「なに？　なんでも聞くよ」

「いや……まだ勿体(もったい)なくて話せない。まあ、そのうち話すよ」

「──長谷川君は好きな子いるのに、いいの？　今日は私のリハビリに付き合っているつもりかもしれないけど、そんなのいいから、その子を誘えば良かったのに」

リハビリだなんて、なんだか嫌みな言い方をしたような気がする。だけど、私は海斗がしてくるお節介が少し気に障っているのかもしれない。

「別にリハビリさせているつもりはないよ。映画が観たかったから、おまえに付き合ってもらいたかっただけ。……降りるぞ」

淡々と温度のない口調でそう言うと、海斗が立ち上がった。電車は竜谷駅に着いて扉が開いていた。

ちょっと嫌な言い方だったかな……。

私が海斗の少し後方を歩いているうちに、海斗はどんどん先に歩いて行った。改札前でICカードをバッグの中から出した時には、完全に海斗の姿を見失っていた。

やっぱりはぐれちゃった……。それとも、気を悪くした海斗がわざと先に行ってしまったんだろうか？

私は改札を出てから、エンジのシャツと青いフレームのメガネの人を探したけど、神部よりも更に大きな街の竜谷は人が多すぎて、海斗らしい人を見つけることはできなかった。

仕方がなく海斗の携帯に電話をしようとすると、「ここにいる」と手を摑まれた。

「すぐ横にいても、目に入んないんだな、おまえ」

「もっと前を歩いていると思ったから」

「先に行き過ぎたから、改札で待っていたんだ」

またいつもの穏やかな優しい口調になって、海斗は私と手を繋いだまま歩き出した。

「はぐれるから離すなよ」

私は思わず立ち止まって海斗を見た。

後ろを歩いていた人がぶつかりそうになったけど、私はそのまま立ち止まっていた。

海斗が「ここにいたら邪魔じゃね？」って驚いている口調で言った。

「長谷川君はいいの？　好きな子がいるのに、他の女子と手を繋いでも」

もちろん、海斗はほとんど介護の気持ちで繋いでいるのはわかる。でも、私としては申し訳ない気持ちになってしまう。

「……俺さ、彼女がいるわけじゃないんだから、義理立てする必要はねえじゃん。彼女がいたら、絶対に他の子と手を繋いだりはしないよ。今はおまえとはぐれないことの方が重要だから、別にいい」

私は立ち止まったまま少し考えた。

「確かに、何も間違っていないような気がする……」

「おう、俺はいつも正しい」

海斗は声を出して笑いながら、私を歩かせるように手を引っ張って歩き出した。

# 9　映画のあとに

海斗が観たいと言っていたホラー映画はR15指定されている海外の病院ものだった。血やら内臓やらはそれほど出てこないけど、残酷で悲惨なシーンが満載で、終わった頃にはすっかり具合が悪くなっていた。観客たちも途中で退席する人が何人もいた。

「さすがにエグい映画だったな」

言葉とは裏腹に海斗の口調は爽やかだった。

「おまえ、大丈夫か？　ホラー平気なんだろ？　真っ青じゃん」

「……ちょっと酷すぎる。誰が誰だかよくわからないけど、残虐シーンが多すぎる」

「そうだったかもな。歩けるか？」

海斗が私の手を引っ張って立ち上がらせた。

「あんなのが観たかったの？」

「俺、字幕があれば何でも映画って好きなんだ。ホラーでもSFでも恋愛ものでも何でも」

そうか、字幕がなければ聞き取りにくいものもあるということだ。私は顔の区別もつかないし、表情がわからないから映画って観ても楽しさがよくわからないんだけど。

海斗は字幕があれば音が多少聞き取りにくくても楽しめるのか。

「俺は腹減ったけど……葉月はものを食べる気分じゃない？」

「まあね。でも、のどが渇いたから何か飲みたい」

梅雨入り前のとても暖かい陽気で気持ちがいい天気だったから、海斗が公園に行きたいと言ってデートコースで有名な竜谷公園に行った。

見事にカップルばかりで、手を繋いでいる私たちもそう見えるかもしれない。

ということは、この中にも本当はカップルじゃない人たちもいるのかもしれない。

なんて、どうでもいいことを考えながら歩いていた。

「ここ、有名なホットドッグ屋があるんだ。そこで食ってもいい？」

そう言った海斗の声が弾んでいる。きっと美味しいホットドッグなんだろう。

海斗はホットドッグとドリンクを買って、大きな池の前にあるベンチで待っている私のところへ戻って来た。

そして私に紙コップのコーラを差し出しながら、となりに腰を下ろした。

「恋愛相談してもいい？」

ホットドッグを袋から出しながら、海斗が私の方に顔を傾けた。口に含んだコーラの強い炭酸が舌に広がっていくのを感じながら、私は小さくうなずいた。

自分に似ているという好きな子の話ね。

「俺さ、中学の頃は入学した直後から一個上の先輩と付き合い始めてさ。そっからめっちゃ短いスパンで次々と彼女ができて付き合っていったんだよね」

海斗ってかなりのプレイボーイだったのか。勝手なイメージだけど、超イケメン男子ってそうなのかな。

陽の光が反射して煌(きら)めく池をぼんやり見ながら、私はそんなことを考えていた。

「全部相手から告って来て、別れるのはほぼ俺の方から言っていた」

来るもの拒まずだけど、気に入らないとポイ捨て……ということ？

私は心の声を抑え、羽をバタつかせて水しぶきを飛ばすアヒルの姿を見つめた。

「結局、みんな俺の顔がいいから寄って来るけどさ、きっとそれだけなんだよな。俺には付き合った子たちで喋(しゃべ)っていることを聞き取れる子がほとんどいなかった。だから、マトモに会話が成り立たなかったんだ。女の子が一人でペラペラ話して、俺が聞いていようが聞いていまいが関係ない。ただ、俺が一緒に歩いていたらそれでいいんだって思えた」

そういうことか……。それなら別れたくなるかも。きっと女の子達の方はカッコイイ彼氏ができて有頂天だったのかなって思う。

私は男の子と付き合ったことはないから、そういう気持ちは全然わからないけど。

「だけど、正直に『会話が成り立っていないから別れたい』って言うと、ほぼ全員に泣かれて嫌だと言われたんだ。彼女達は俺と一緒にいてなにが楽しいのか、本当にわからなかった。俺の写真に話しかけているのと一緒じゃんって思ってさ」

海斗を見ると、顔を上げて空を仰いでいる。

私はただうなずきながら、黙って海斗の話を聞いた。

「中二までそんな感じで何人もの子と付き合っては別れて、をくり返した。でも、みんな同じでさ。俺の方が相手を好きだと思えるまでいかずに別れていた。三年になる頃から、告られても受験を理由に断るようになった」

「どうして好きじゃないのに付き合ってきたの？」

思わず口を挟んでしまったけど、どうしてもそこに引っ掛かった。

「初めは単に好きって言われて嬉しかったんだと思う。そのうち『この子は俺の顔以外を好きになってくれたんじゃないか』とか『俺が好きになれる子がいるんじゃないか』とか、『この子には耳のことも話せるかもしれない』とか、相手に期待をするようになったのかもしれないな」

黙っていてもどんどん女子が寄って来るなら、お試し感覚で付き合っていくのが当たり前だったのだろうか……？　モテ男にしかわからない感覚だけど、モテ男にはモテ男の悩みがあって、そんなに楽しかったわけじゃないのかもしれない。

「で、高校に入ったら、入学式の時にいきなり普通に話せた子がいたんだ」

海斗は真っすぐ前を向いて、少し高揚した声を出した。

「今まで寄って来た女子って、俺と話す時にはテンション上がって声が1オクターブくらい高くなっちゃってさ。元々女子の声は聞こえにくいのに、より高くなって聞き取れなくなるんだよね。だけど、その子は普通のテンションで俺の顔を見ても赤面しないし、態度も普通なんだ」

なんだか話を聞いていると、段々このモテ男の感覚が気に障ってくるのは気のせいだろうか。女子が自分を意識して声が上ずったり赤面したりするのが当たり前のような言い方。

きっと海斗に話し掛ける女子がほぼ全員そうだった、という事実があるからそう言っているんだろうけど。

顔に魅(ひ)かれて好かれたと思っているなら尚更(なおさら)――。

「思うんだけど」

「へっ?」

話の腰を折ったからか、海斗が驚いたような声を漏らして私に顔を向けた。

「長谷川君に寄ってきた女子たちって、別に長谷川君の顔だけを好きってわけじゃなかったんじゃない?」

「どうかな。顔が好きとかカッコイイって言われると、それだけかって思っちまうけど」

「カッコイイって、顔だけのことを言うわけじゃないでしょ？」

だって、私は顔がわからなくてもカッコイイ男子も可愛い女子もわかる。気が利くとか、さりげない優しさとか、そういうのは男子ならカッコイイし、女子なら可愛いんじゃないかと思う。

「残念ながらイケメンっていうのはわからないけど、私も長谷川君は普通にカッコイイと思うよ。いつもポジティブでよく笑っていて明るくて話しやすいし。何より心がね、すごく広い人だと思うの。顔がわからなくても、長谷川君がモテるのわかる」

「……ふうん」

なんだか変な言い方をして、海斗がそっぽを向いてしまった。気を悪くするようなことを言ったんだろうか。誉め言葉だったと思うのだけど……。

相手の気持ちがわからず悩むって、やっぱり面倒くさい。私は気にせず話を続けようと思った。

「私はその子たちじゃないから、本当のところはわからないけどね。長谷川君の元カノさんたちって、好きな人と付き合えたから、ただ舞い上がっていただけじゃないの？」

「……おまえ、そういう気持ちわかるの？」

「全然。でも、第三者だからわかるっていうか」

「ハハッ。なるほどな」

あっ、笑った。さっきのは怒ったわけじゃないのかな。

「たとえ俺のこと好きって思ってくれていたとしても、偶像みたいなもんだって思っていたんだ。俺の反応とか関係なく、一方的に話し続けてんだもんな」

「──そこはよくわからないけど。つまり、長谷川君の方は声も聞こえにくい相手だから、話も弾まなくてつまらなかったんだよね？　彼女たちはそれを感じたから、余計に頑張って話していたのかも」

「だよな……」

海斗は意味深な言い方をすると、こちらへ手を伸ばして私の髪先に触れた。

「なに？」

「いや。葉月の言う通り、彼女たちは俺のこと想ってくれていたのかもって、ちょっと思った」

「そりゃ、そうでしょ。告白するくらい好きなんだから」

「──だな。あの頃は女の子の声が聞こえにくいってストレスが大きくてさ。相手が俺の顔だけ見てれば満足なんだ、って思ってたんだ。ひでえなってさ」

私から顔をそらして前を向きながら、海斗が鼻で息を吐くように笑った。

「好きな人に告白するって、意外と勇気がいることだよな。そんな想いを伝えてくれた子たちなのに、ひどいのは俺の方だったのかもしれない」

その言い方がどこか切なくて。元カノたちへの後悔だろうか。

「仕方ないよ。会話ができないって、やっぱりストレスだと思う。会話が嚙み合わなくても相手が楽しそうに見えたら、きっと私も自分のことを見ていないって思うかもしれない」

「ハハッ。優しいな」

「ん？　どこが？」

自分のことだけを考えても仕方がないっていう今の言葉には、相手への優しさの欠片もなかった気がする。

不思議に思って海斗を見たけど、当然ながらそのメガネを見ても、首元を見ても、食べかけのホットドッグを持つ手を見ても、彼の気持ちを察するなんてできない。

「俺に優しいって言ったんだ。共感してくれただろ？」

共感すると優しい？

ダメだ、人付き合いをしてこなかった私にはよくわからない感覚かもしれない。

「俺の好きな子って」

「そうだ、好きな子の話だったよね？」

海斗と私の声が重なった。

「あっ、ごめん、話すところだった？　黙って聞くね」

私が口を閉じて聞く態勢になると、海斗はこちらを向いたまま黙ってしまった。

そしてゆっくりと前に向き直ると、ストローに口を付けてコーラを一口飲んだ。それから、どこか緊張感を漂わせながら小さく息を吐いた。

そんな海斗を見ると、好きな子の話をするだけでそんなに緊張するなんて、恋の力って偉大だと思ってしまう。

「……はじめはとっつきにくそうだと思ったんだ、その子。凛としているというか、ツンとしているというか。澄ましているのか、不機嫌なのかどっちなのかって見極めようと思って話しかけたんだ。そしたら、意外と柔らかい表情で応えてくれた」

「柔らかい……？」

硬い表情とか柔らかい表情とか、私には想像ができない表現だった。表情でも、笑うとか怒るとか感情が伴うものなら、実際の顔はわからなくても想像はできるのだけど。

「わかりにくいか。他の言い方をすると……そうだな、優しい顔をしたっていうのはわかる？」

「優しい人に見えたってこと？」

「まあ、近いかな。話しかけるなオーラ満載に見えたけど、話しかけてみたら意外と普通に会話ができて話しやすかったんだ。その時はそれで、ただ声が聞き取りやすくて会話も楽しめた女子がいたなってくらいで終わったんだ。笑顔がキレイだって印象はあったけど、それだけだった」

やや強張（こわば）ったその口調は、やはり緊張しているような印象を与える。

きっと彼にとって大切な話をしているんだろう。私は『そんなに想われている女の子は幸せだね』と、茶化したくなるのを抑えた。

「なに？　俺、なんか変なこと言った？」

ふいに、海斗が呆（あき）れたような、笑ったような口調で言った。

「言ってないと思うけど」

「じゃ、笑うなよ。こっちは真剣に好きな子のこと話してんだ」

おでこを軽く指ではじかれた。笑ったつもりはなかったけど、茶化したくなる気持ちが顔に出ていたらしい。

「その日の帰り、偶然見かけたんだ。その子は神部駅の改札前にある、三年前に死亡した女の子の写真を見ていた。声を掛けようと近づいたら、涙を流していたんだ」

「あっ、その感覚わかる！」

思わず口を挟んでしまった。

その子と同じ感覚かどうかはわからない。もしかしたら、海斗が好きなその子はただ亡くなった女の子を可哀想だと思って泣いたのかもしれないけど。知っている子だと名乗り出る人が誰もいないまま亡くなったあの女の子は、私にはもう一人の自分のような気がしてしまう。

いつまでもあの子の写真が晒されていると悲しくなる。

「長谷川君の好きな子って、誰？　会ってみたい。あの女の子に感情移入したってことでしょ？　そんな子、私のほかにもいたなんて！」

ちょっと興奮気味に顔を近づけると、海斗がすぐに仰け反って距離を取った。

「ちょっ、近いって！」

「あっ、ごめん。テンション上がっちゃった」

海斗は話す気を失くしたのか、脚を組んで横を向いてしまった。

「ごめんってば。もう余計なこと言わないで聞くから」

「いや……またにする。──また話すから」

話の腰を折って怒らせちゃったのかな……。せっかく好きな子のこと話し始めてくれたのに。

表情がわかれば、なにかを察することもできたのだろうか。

海斗は横を向いたまま、ベンチに置いていた残りのホットドッグを食べ出した。

「あのね、次は私に付き合ってもらってもいい？」

私は海斗がホットドッグを食べ終わるのを待って立ち上がった。

「どこに行くの？」

不思議そうな声で海斗が聞いた。

竜谷駅に入ったから、電車に乗るとわかったのだろう。

「……私の思い出の場所」

なんて言うと綺麗な思い出の懐かしい場所のように聞こえる。思い出と言っても決して良い思い出ではなかった。

どちらかと言えば、黒歴史と言える……。

電車に乗ると座る場所はなく、海斗が扉側へ私を促したから角のスペースに立った。扉に寄りかかりながら、海斗が私の顔をのぞき込んだ。

「おまえさ、表情がわからないから察するのが苦手だって言ってただろ？」

「うん。人の気持ちを察するのって苦手」

「そうか？　葉月は人の心に敏感に見えるけどな。それに、色々と考えるだろ？　人が何を思っているのか」

それは、両方とも確かにそうだと思えた。だけど、敏感になって考えたところで、決して人の心がわかるわけじゃない。

「私ね、面倒になっちゃったの。人の心を察したいと思うことが。たとえば私が悲しんでいると思った人が顔で笑っていたら、表情が正しいってなることが多くて」

「――そんな話、前にもしていたな。俺はさ、葉月は自分の感覚を信じればいいって思うけど。面倒ならいいじゃん」

海斗の口調は穏やかで優しい。大人しい人でもないのに、声だって大きくて元気な方だけど、その口調はいつも優しさに溢(あふ)れている。

「俺さ、葉月は一緒にいると楽だって言っただろ？」

「初めて会った時、そんな話したね」

「いや、あれが初めてじゃねえ！」

海斗が語気を強めた。

そうだった、入学式の日に話していたんだ――。

「ハハッ。マジで覚えられてなかったんだなぁ……」

「ごめんね。今はもう、長谷川君って人はちゃんと覚えたから。見た目での見分けが完璧(かんぺき)じゃなかったとしても」

今日の海斗の声は昨日よりは掠(かす)れていない。だから、今でも本人のものだと思えた。

この声だけで海斗だとわかるかどうかはまだ自信がないけど。意外と姿勢がいい立ち姿も、今日は少しセットされているけど、いつもはナチュラルに下ろしているだけの前髪も、大きくて関節の太い手の形も、海斗を見分ける要素のひとつになっている。

「一度くらい話しても、次に会うかわからない人は意識して覚えないんだよね、私」

「じゃ、今は少しでも覚えたってことは、少なくとも友達認定はもらったのか」

「大げさな言い方」

思わず笑ってしまったけど。友達、なんだよね？

連絡先も知っていて、一緒にお弁当を食べたりこうやって出かけたりしている。

ずっと一人でいいと思っていたけど、それはやっぱり友達なんていらないって虚勢を張っていただけなんだと思えた。

こんな私にも友達ができている。改めてそれを思うと、ヤケに嬉しかった。

「なんだよ、急にニヤついて。変なヤツ」

笑い声はあげなかったけど、少しトーンの高くなった声を聞いて海斗も笑っているのがわかる。

「だって、友達って響きが嬉しくって」

「へっ？」

「ずっと一人だったから。別にそれが楽で良かったんだけどね。小さい頃は無理して遊び仲間の輪に入っていたけど、そういうの疲れるから。だけど、やっと友達ができたんだなって思うと、小学生の自分に教えてあげたい」

「ああ、そっか――」

あれ？　海斗の方はそれほど嬉しいという感じじゃない。

積極的に声を掛けてきて、色々と誘ってくるのは海斗の方なのに。

「なに、その反応！」

「なにって？」

「長谷川君だって、私と友達になれて嬉しいでしょ？　今までの様子見ていたら、わかるんだから！」

「おまえ、電車の中で大きい声出すなって」

海斗が左右に首を動かして周りを気にしている。特に見られている感じはしないけど、私には顔がよくわからないから、そこは定かではない。

「あっ、ごめん」

「つうか、ストレートだよな、葉月って。表現がさ」

そうだろうか？　たしかに遠回しな言い方はできないかもしれないけど。

「けどさ、誰でもそうだと思うなよ」

「長谷川君だって、遠回しな言い方なんてしないじゃない」

「――時と場合による」

また微妙な表現をしてくる。

私の方が、表現がストレートじゃないと通じないだけかもしれない。ボキャブラリーがないってヤツ？

考えてしまうと、自分がつまらない人間だとウンザリしそうだから、私はそこで思考を止めた。

「俺さ、葉月と一緒にいるのが楽なんだ」

「うん？　さっきもそんなこと言ったね」

「だから、さっきの続きなんだけど」

また話の腰を折っていたのかもしれない。気になることがあると、すぐに脱線させてしまう。

「声が聞き取りやすいからストレスフリーってのもあるけど。実はそれはそれほど大きな理由じゃないって思うんだ」

「そうなの？」

「会話がスムーズなのは確かに楽だけど。ポンポン会話ができたからって、一緒にいて楽じゃねえヤツだっている。なんでもストレートにものを言う葉月の言葉は信じられるし、何より興味深いんだよなぁ」

興味深い――。

普通だったら、顔がわからないことに対してそんな風に言われると腹が立つと思う。

でも、なぜか海斗には全く腹が立たなかった。

きっとそこに私に対して蔑(さげす)んだり嫌悪したりする気持ちを感じないからだろう。

「だよね。私みたいな人、その辺にゴロゴロいるわけじゃないもんね」

「好きって意味。好きだから、興味深いんだよな」

「なるほど。わかりやすい！」

たしかに海斗の言葉には好意を感じられた。ちゃんと私を一人の人間として見てくれているって思える。

そう思うと、嬉しいという気持ちと共に、急に不安な気持ちが押し寄せてくる。

「あっ、長谷川君、降りよう。この駅なの」

私は海斗の腕を引いて、開いた反対側の扉から急いで出た。

話に夢中になっていて、降り損ねるところだった。

# 10　黒歴史

せっかく楽しかったのに、私は彼に嫌われようとしているのだ。

海斗は今は気まぐれに興味を持ってくれているかもしれないけど、そんな関係がずっと続くんだと期待したくない。

この手を放すのは、私ではなく彼の方だろうと。

はぐれないよう歩く時に繋がれる、海斗の大きな手を見て思う。

友達ができて嬉しいと思っている反面、私自身が心を開きかけてしまうことに不安や恐怖が大きくある。

「奏町？　買い物なら竜谷の方がいいんじゃね？」

「買い物じゃない。ちょっと想い出に付き合ってくれる？」

奏町は竜谷よりもう少し先にある大きめの駅だった。竜谷よりやや小さめで、神部と同じくらいの規模のショッピングモールがある。

そこの一階には広いスペースがあり、今日はパステルカラーの風景のイラストが並んだ個展会場となっていた。

私が会場の隅で立ち止まると、海斗も立ち止まってイラストの並ぶ会場を見回した。

「キレイだな。葉月はこういう絵が好きなの？」

「ううん。昔ね、ここでイベントがあったの。まだ小学校に入ったばかりの一年生の頃かな。その頃女の子の間で流行っていたキッズダンスグループが来たんだよね」

「おっ、キャンディってグループ？　俺、当時この辺に住んでたんだ。夏休みだろ？　クラスの女子が見に行くって騒いでたな」

　私と海斗は当時はお互いに知らないのに、同じイベントに関して別々の場所で別々の思い出があるということだ。なんだか不思議な感覚が湧き上がってくる。

「長谷川君も観に行った？」

「女子のグループだから興味なかった。イベントは行かなかったけど、五階のゲームコーナーに友達と行くのに通ったんだ。すげえ人が溢れていたのは覚えている」

　そう言うと、海斗が私を見下ろして髪を撫でた。

「なに？」

「いや、あの中に葉月もいたんだって思ったら、不思議な気持ちになるな」

「あっ、私も似たようなこと思ってた」

　感覚が似ているのかな、って思うとほっこりとしてしまったけど、そんな話をしたいわけじゃない。

「うちの親にキャンディを見に行きたいって言ったら、お父さんが張りきっちゃう人でね。自分は観ないくせに早朝から並んで、私たちが後から行くと一番前の席を取れたの」

「ハハッ、すげえな」

「私はあんなに人がいるのも、よくわかってなかったのかもしれない。私たちが行った時には長蛇の列だったから、人がいっぱいいたのは知っていたのに。一番前に座っちゃうと、キャンディが出て来るのがただ楽しみでステージしか見ていなかった」

そう、周りでどんなに歓声が上がっても、会場の中で一体化していた私には仲間がいるという感覚しかなかったのだ。

「キャンディの出番の時、まだ小さかった睦月がトイレって言い出してね。お母さんが睦月をトイレに連れて行ったの。その時は全然気にしなかったんだけど……」

目の前には虹色に光る噴水のある公園を描いた絵が飾ってあるけれど、私の目には当時の人混みが再現されていき、微かに身体が震えていく。

「――どうした？」

異変に気づいた海斗に声をかけられ、私は首を横にふった。

「思い出すと、こうなるだけ」

私が小さく深呼吸をすると、海斗が黙ったまま繋いでいる手をギュッと強く握った。

「お母さんが座っていた椅子にはいつの間にか女の子が座っていて、もっとキャンディが観たいって怒っているの。そうだ、睦月とトイレに行くって言っていたと思い出してうしろを振り向いた瞬間、溢れるほどの人が全員こっちを見ているのね」

「こっち？　そうか一番前の席だから」

「そう、みんなステージを見ているから、私が振り返るとみんなが一斉にこっちを見ているって感じたの。たくさんの同じ顔が目に飛び込んできた」

「マジか」

その長谷川君の声に驚きと共に、同情のようなものも感じた。

前はその同情にカチンと来たけど、今は友人として心配のような気持ちだろうと理解ができる。私が欲しい反応とは全く違うけど……。

「幼い私には今日観たホラー映画並みに怖かったの。たくさんの同じ顔がこっちを見ているみたいで。それまでは、顔ってものをそれほど気にしたことがなかったんだよね。たぶん覚えられなかったから、見えていてもそこまで意識していなかったのかもしれない。だから、その時初めてちゃんと見たっていうか」

あの大勢の顔を思い出すと、今でも当時の恐怖が蘇える。ガタガタと震える私の肩を海斗が包み込むように支えた。

「座らない？　そっち、ベンチあるから」

特設会場を出て、海斗がトイレの近くにあるベンチまで手を引いて誘導した。

そして自販機の前に立つと「何か飲む？」と聞いた。

「……大丈夫。さっき飲んだからいらない」

「そうだな。それで？　続き、聞かせて」

並んでベンチに腰掛けると、相変わらず優しい口調で海斗が聞く。これはどう考えても引いている様子はないけど。

話はこれからだから――。

「探していたお母さんも睦月も、会ったら同じ顔をしていて余計に怖くてね。家に帰るまでも、お店にいるスタッフもお客さんも、電車の中にいる人も、道を歩いている人も、会う人会う人みんな同じ顔だって気づいたの。家に帰っても続いて、お父さんもお母さんも睦月も、鏡の中の自分さえみんな同じで見分けられない」

「俺の顔も？」

「うん。みんな同じ。そう気づくと、パニック状態になってね。その日は家で大騒ぎして、そのあとのことは覚えていないの。病院で鎮静剤を打ってもらってようやく落ち着いたって、あとからお母さんに聞いた」

今日は初めから海斗をここに連れて来てこの話をしよう、と決めていた。初めは海斗が私のことを好きなのかもしれない、と思ったから海斗に嫌われるためだったのだけど。

今は他に好きな子がいると知ったから、それはそれで私の方が海斗に心を開きすぎて近寄り過ぎないように、という線引きをしたかった。

こんな、いつパニックを起こすかわからないような人は引かれるだろうって。海斗の方から、今より少しでも距離を置くようになってくれたらいいんだけど……。

「それからは顔にフォーカスすると怖くなるから、普段は顔ってものを意識して見ないようにしているの。だけどね、未だになんかの拍子で急に同じ顔がいっぱいあるって感覚が降って来ることがある。そうなると、やっぱりパニック状態になるの。自分がどんどんおかしくなっていくような感覚にもなって、余計に混乱したりして……」

そこまで言うと、急に海斗が抱きしめてきた。

あっ、油断したかも。

私はまた胸を押して離れようとしたけど放してくれなかった。

「泣かないから！」

私は海斗を見上げて笑ってみせた。

「泣けよ。俺のことでは勝手な想像で泣けるんだから、自分のことでも泣けるだろ？」

海斗の私を抱きしめる腕が強まったとき、怒った声が彼の身体越しに響いた。

「あんたは金を置いていけばいいんだよっ！」

ふいに、トイレの方から女の人の怒号がした。

ゾッとするほどの冷たい声で、私は一瞬、身体が硬直した。

どこかで聞いた気がする声。どこだった――？

同時に、私達と同じくらいの年頃の女の子が小走りで出てきて私たちの前を通りすぎた。彼女の残り香に微かなローズを感じる。

「……小松？」

海斗が私から手を離して、その女の子のうしろ姿を指差した。

「あいつ、小松じゃない？　おまえにもわかる？」

「えっ？　美沙なの？」

そんな声が聞こえたのか、その女の子が立ち止まって振り向いた。

「葉月……？　長谷川君も」

言われてみると、美沙の鼻に掛かった声に似ていた。その声は、泣いているようにも聞こえる。

私たちの名前を呼んで近づいてくるその人は、左の首筋に目立つほくろがあり、首の詰まった水色のブラウスの上に金色の星形ペンダントをしている。

「美沙？」

私が呼びかけた時、うしろから来た人に肩を思いきりぶつけられた。そして、その人は勢いよく美沙に摑(つか)みかかった。

「理沙（りさ）！　約束でしょ⁉　置いていきなさいよ！」

「やめてよ、お母さん！」

「放せよ、おばさん」

海斗が二人を引き離すと、美沙がトイレの脇にある階段を駆け上がった。そのおばさんはヒステリーを起こして「理沙！」と連呼しているけど、海斗に押さえられたまま動けない。

私は美沙の母親の背筋が凍るような低い声とその勢いに圧倒された。やっぱり、この声を聞いた覚えがある。

一瞬そんな思考に駆られたけれど、すぐに美沙を追いかけて階段を駆け上がった。

「どんなに嫌がっても、あんたはあたしの娘なんだからね！　理沙ぁ！」

背中で女性の叫び声を聞きながら、私は耳を抑さえて走る美沙を追いかけた。

しばらく駆け上がると、息を切らした美沙が途中の踊り場で止まり、肩で息をしながら泣き崩れた。私も普段は階段を駆け上がるなんてしないから、息を切らしながら美沙を抱きしめた。

しばらくの間、美沙は私の腕の中で泣き続けていた。

「今の人、お母さんって言ったけど……」

落ち着いた頃に声をかけると、美沙は驚いたようにピタリと動きを止めた。

そのことには触れてほしくなかったのかもしれない。

美沙が身体を離してこちらへ顔を向けたから、私はハンカチを美沙に差し出した。

「——持ってる」

美沙はそう言うとハンドバッグを開け、水色のハンカチを出して顔を覆った。

「うん……母親なの。毒親ってやつ」

「小松のこと、リサって呼んでいなかったか？」

話を聞いていたのか、海斗がゆっくりと階段を上がってきた。

「あの人は？」

海斗の質問には答えず、美沙が強めの口調で聞いた。

「悪い。騒ぎ声に駆けつけた警備員に引き渡しちまった」

「いいの、ありがとう。助かった」

小さく息を漏らした美沙の声はもう泣いていないとわかった。美沙はハンカチをバッグに入れながら立ち上がると、何事もなかったように私の腕を取ってフフフッと笑った。

「ごめんね、デートの邪魔して」

「そんなんじゃないよ」

「じゃ、長谷川君もありがとう」

まるで逃げるように去って行った美沙の首には、金色のペンダントが光っていた。

そう、亡くなった七、八歳のあの女の子がつけていてもおかしくないような、彼女の所持品と同じペンダント。

複雑な気持ちで美沙のうしろ姿を見送っていると、海斗が私の頭に手を乗せた。

「俺たちも、行こうか」

「——うん」

私が低い声を出してうなずくと、海斗は優しく私の手を取って歩き出した。

建物から出るといつの間にか夕焼けが空に広がっていて、海斗の横顔を赤く染めた。

「腹減らない？　おまえ、さっき何も食べなかっただろ？　俺もホットドッグだけじゃ足りなかったな」

そう言われてみると、お腹が空いていることに気がついた。

電車に乗って城光学院駅まで戻ると、海斗の行きつけというカフェに行った。

「俺の叔父さんがやっている店なんだ。中学の時の彼女たちを連れて行っているから、変なことを言われるかもしれないけど気にするなよ」

「変なことってどんな？」

「いや、もしも何か言われたらってこと」

昔の彼女の話でもされるのかもしれないってことだろうか。面白いから聞きたいくらいだけど。

白い木のドアを開けて中に入ると、広くはないけれど白木を基調にした明るい店内が見えた。

「ああ、海斗いらっしゃい。女の子を連れて来るなんて、久しぶりじゃないか。さては例の好きな子か？　ハハハッ」

カウンターから顔を出した叔父さんらしき人がからかい口調で笑った。海斗とよく似た優しい話し方の人。笑い方も海斗と似ている。

さっそく海斗が言っていた『変なこと』を言われたような気がした。

「叔父さん、こっちの席いい？」

海斗は特に気にする様子もなく、隅のソファ席を指差して奥側に私を座らせた。

「まあ、海斗の高校の同級生なの？」

水を持ってきたふくよかな女の人が叔母さんらしい。彼女もヤケに嬉しそうな声色だった。

「香山葉月です。クラスは違うけど、長谷川君とは仲良くさせてもらっています」

私も笑顔を向けて水の入ったグラスを受け取った。

「よろしくね、葉月ちゃん。良かったね、海斗。ここに連れて来るってことは、この子でしょ？　海斗の好みの子って、叔母さんも好きだわ」

冷やかすようにそう言うと、叔母さんはメニューを置いて行った。

「……ちょっと、これって良くないんじゃない？」

私は海斗を睨みつけた。海斗は何ごともなかったように、メニューを手に取って広げた。

「何がだよ。それより、何食う？」

私は不満をぶつけたかったけど、海斗が無反応でメニューを見せるから、とりあえず気持ちを抑えた。

「……長谷川君のお薦めは？　何度も来ている人のお薦めが間違いないから」

「じゃあ、このオムライスかな」

「美味しそう！　オムライスにビーフシチューがかかっているんだ。これにする！」

「マジで美味いよ」

声を弾ませながらそう言うと、海斗はオムライスを二つ注文してくれた。

「どこどこ？」って声と共に、カウンターの奥から大学生くらいの風貌の女の人が二人顔を出した。

一人は家の中で着るようなティーシャツと短パン姿だったけど、もう一人は胸を強調した派手目の服を着て、これから出かけるようだった。

「あ、海斗久しぶり！」

「あたしはこの前会ったけど、数日ぶり」

いかにも姉妹という感じの、似たような細身の体形によく似た声の二人が並んでこちらへ寄って来た。

「おう、あやめはこれから出かけるのか？」

胸の大きい女の人に海斗が声を掛けると、彼女は「これから合コン」と言って笑い声を上げげた。

「女の子連れて来るの久しぶりね。もう付き合ってるの？」

「……ってわけじゃないけど。同じ学校の香山葉月。葉月、こっちは従姉のあやめとくるみ」

私は笑顔を作って会釈をした。

「ええっ。じゃ、まだ口説き中ってこと？　モテ男廃業したの？」

「そうなんだぁ。嫌なら振っていいんだからね、葉月ちゃん」

言いたいことだけ言って、二人はケラケラと笑いながら去って行った。

私は再び海斗を睨んで「何なの？　これ」と言ってテーブルを軽く叩いた。

「なに怒ってんだよ。親戚におまえのこと紹介しているだけじゃん」

「ていうか、なんで否定しないの？」

「否定ってなんだよ」

海斗はなぜか逆切れしているようだ。その口調がどこか怒って聞こえる。

私は腹が立って、黙って横を向いた。

「なに怒ってんの？　マジで」

「だって、長谷川君の彼女とか好きな子だと思われてるじゃない」

そんな風に勘違いさせても、あとで本当の好きな子が来た時に面倒なだけなのに。

それとも、この人は否定すると私が嫌な気持ちになるとでも思っているのだろうか？

「別に、私に変な気遣いとかいらないからね」

「――そんなの、してねえし」

海斗は明らかに不機嫌な声を出してそっぽを向いてしまった。

「はい、オムライス二つお待たせ」

叔母さんが明るい口調でオムライスを二つ運んできた。赤みが見える柔らかそうな肉の入ったビーフシチューの中から、とろとろな卵がまるく顔を出している。

目の前に置かれたお皿を見て、私は空腹だったと思い出した。

「あら、海斗ったらどうしたの？　赤い顔して。葉月ちゃんを前にして照れちゃった？」

笑いながら茶化して叔母さんは去って行った。

よく見たら、海斗は本当に赤い顔をしていた。

「えっ？　具合悪いの？」

「また、そっちかよ」

海斗は下を向いたまま、スプーンを取ってオムライスを崩した。

だって、別に赤面するようなことは何もなかったと思うけど。それとも、怒り過ぎて赤くなっているのだろうか。

「おまえって、本当に鈍いのな」

つぶやくようにそう言うと、海斗は暫くの間、無言で食べ出した。

鈍いってなに？

こっちの方が腹を立てているのに！

私は海斗を気にせず、口の中でとろけていくオムライスを味わうことに専念した。

# 11　夜の教室で

結局何を怒っているのかもわからず、微妙な雰囲気のまま叔父さん達に挨拶をしてお店を出た。外に出るともうすっかり暗くなっている。

「まだ時間大丈夫？」

海斗が腕時計を私に見せた。彼の腕にある黒いダイバーズウォッチを覗き込んで、私は時間を確認してからうなずいた。

「どこに行くの？」

「学校。校舎の中に入れる場所、知っているんだ」

夜の学校なんて、気味が悪いだけだ……と思ったけど、わりと近くてすぐに着いてしまった。正門は施錠されているけど、林を抜けたところにある裏門はいつも施錠されていない。海斗は校舎の裏にある窓の下に行くと、「ここは鍵がバカになっていて掛からないんだ」と言って窓を開けた。

先に中に入った海斗に手を貸してもらって私も窓から校舎に入る。夜の学校の廊下は暗いうえに冷たい空気を感じて不気味だった。

「なんで学校なんて来たの？　夜の学校ってちょっと怖い」

「俺の好きな子の席、教えてやるよ」

　好きな子がどんな子か興味はあるけど。席を教えてもらっても、それが誰だかわからないと思う。教えるなら名前でいいのに。

「二組の子？」

　いつもは気にせず通る階段だけど、窓から入る月明かりだけで薄暗く少し不気味だった。海斗は何も答えてくれず、一年生のクラスがある四階に着いた。

　海斗が勢いよくドアを開けて入ったのは、私のクラスだった。

「二組じゃない。五組なんだ」

「そうなの？　だったら、月曜日にその席に座った子を確認すればわかるかも……」

　私の言葉を聞いているのかいないのか、海斗はどんどん教室の中へ入って行きおもむろに椅子を引いて腰かけた。

「ここの席の子」

「……そこ、私の席だけど」

「知っている。だから葉月が好きなんだ。ずっと伝えているのに、全然わからないんだよな、おまえ」

　えっ？　どういうこと？

　暫（しば）しの混乱のあと、私はマズイ、と思った。

「さっきだって回りくどい言い方してもダメだと思って、ストレートに好きだって伝えたのに、それも友達としてしか受け取らなかっただろ？」

さっき――？

あっ、電車の中で言った、好きだから興味深いってヤツ？

あれって、そういう『好き』だったの……？

私は身動きできず、教室の入口に立ったまま、私の席に座っている海斗を見た。

「だって、長谷川君の好きな子って、目を見つめる子でしょ？　私は目なんて見ないから……」

「ハハッ、じゃ、メガネ見てんのか？　俺は目が合っている気がしているんだよな」

たしかに目線はメガネにいくことは多いかも。

やっぱり海斗の好きな子っていうのは私だったということ、だよね？

だけど今日だってはぐれたり、今でもパニックになり得る話をしたり、怒らせたり、面倒な要素がいっぱいあったと思うのに……。

「どうして……？」

「――さっきも話しただろ、はじめて話した時のこと。入学式の壇上で、どこか人を寄せ付けない冷淡な雰囲気をまとっていたのに、話しかけたらそれが一気に和らいだんだ。そのギャップがハンパなくて。葉月のキレイな笑顔も印象的だった」

あの時は、目立つことが嫌いだった私は壇上で挨拶をしなければいけないことを苦痛だと思っていた。首席の男子が話しかけてくれて少しリラックスできたのは覚えている。

「で、その日は神部に飯食いに行って、友達と別れたあとで見かけたんだ。三年前に見つかった女の子の写真の前で、私服姿の葉月が人目も気にせず涙を流していた。泣いているっていうより、涙が零れたって感じでさ。その時、きっと猛烈に魅かれてたんだ。そのまま、声を掛けられずに葉月のあとをついて行った」

「えっ？」

あとをついてきたの？

私は入学式の日に帰った後、近所で何をしていたかと考えるけど、そんな何ヶ月も前のことは覚えてない。

「ハハッ。マジでストーカーだよな。おまえの家に行くまでに、いつもの大通りじゃなくて商店街っつうか、店が並んでいる道があるだろ？　その日の葉月はそっち通っていて、あちこちの店から『葉月ちゃん』って声かけられていた。その度に笑顔でなんか話してたろ？　すげえ、イイ感じの子だなってすっかり魅かれてるのを自覚した」

「――あの辺って、お店の人たちが容赦なく話しかけてくるから」

お店の人はお店で認識できるからすぐに覚えられて楽だった。お店をやっている人って社交的な人が多いから、あまり気を遣う必要もない。

「けどさ、おまえって学校では全然違うのな。全く友達作る気なさそうで、勿体ねえなって思ってたんだ」

海斗がそんな話を嬉しそうにする。だけど、私にはそれを苦痛に感じていた。

友達ならいいけど、好きになられても付き合うことなんてできない。

「質問を変えるけど、どうしたら好きじゃなくなるの？」

「……どうしても好きだと思う」

私は海斗から少し離れた机に腰掛けて、彼の顔を見た。私には目やら鼻やらは見えるけど、顔というものにフォーカスしてしまうとみんな同じだという感覚になる。それは私にとってはいつものことだった。

「俺さ、おまえに救われたんだ。はじめて一緒に弁当を食った日」

「――救われた？」

「言ったじゃん、クラスメートのノリがダメなことがあるって」

そうだけど、私には海斗もそのノリに乗れている気がしていた。

「あの日はどうもみんなが騒いでいる声が聞き取りにくくってさ。なんか、会話が嚙み合わなくて早めに外に出ていたんだ」

「そういえば、私より早くあの場所にいたよね」

「そう。葉月の声は普通に聞き取りやすかった。だから、すげえ嬉しかったんだ。珍しく気持ちが下降気味だったのが、一気に跳ね上がったって感じだったな。ハハッ」

そんな風に本当に嬉しそうに話されると、とても複雑な気持ちになっていく。

「ま、葉月と久しぶりに話せたってだけでも嬉しかったんだけどな」

少しトーンを下げた穏やかな言い方だけど、それでもやっぱり嬉しそうに聞こえる。

「それに、さっきだって。元カノたちの話。俺のこと、顔だけじゃなく好きでいてくれたんじゃないかって。それ聞いて」

「そういう子たちの方が長谷川君には合うんじゃないかと思う」

私は彼の言葉を遮って強めの口調で言い放った。

「ちゃんと長谷川君のことも見つけてくれて、顔以外のカッコいいところもわかってくれる子」

その言葉に、まだなにか言いかけていた海斗がぴたりと動きを止めて黙った。

「私は長谷川君の顔がわからない。どんなに好きになったとしても、顔は全然わからないの」

「それも知っている。だから、顔は関係なく俺と純粋に会話をしているんだよな」

「だけど……顔も表情もわからないから、私は人を好きになることができないの」

海斗は動きを止めて、暫く私の方に顔を向けていたけど、ふいに横を向いた。

「それは、違うんじゃないのか？　おまえが人を好きになろうとしていないんだと思う」

私は少し離れたところから、ぼんやりと海斗の横顔を見ていた。

電気をつけていない教室では、窓を背にしてこちらを見ている時の顔は真っ黒に見える。横を向いた今は、なんとなく顔の輪郭がわかった
「そりゃあ、人を好きになるのに顔とか表情とかは大きいかもしれない。俺だって綺麗な子はそれだけで気になるし、俺に寄って来ていた彼女たちだって俺の顔を見て好きになったんだと思う。だけど、実際に好きになるのは顔の造りとか表情じゃないだろ。つうか、葉月が言ったんだけどな。元カノたちは俺の顔だけを好きだったわけじゃないって」

たしかに、彼の元カノたちはそうだと思った。イケメンってだけだったら、付き合ってみたら話が嚙み合わなくてつまらない人だって、女の子の方から思っただろう。それ以上に好きになった何かがあったはず。

「葉月が顔にこだわっちまうのはわかるよ。だけどさ、誰もが顔にこだわりがあるわけじゃない」

海斗のどこか自信に溢れた声が響いた。

私の方に顔へのこだわりがあるなんて、言われなくてもわかっている。

自分で誰かを好きにならないように努力しているのも自覚があった。

顔や表情がわからないから人を好きになれないなんて、私の言い訳だとわかっている。

「葉月が俺と一緒にいるのが楽しいと思えて、友達としてでも俺を好きだと思えるなら、とりあえず付き合ってみようよ」

とりあえず……？

中学の時にかなりの人数と付き合っては別れて、をくり返した海斗には、そんなノリで付き合えるのかもしれないけど……。

私はそんな嫌みが口から出ないように、ギュッと下唇を嚙んで下を向いた。

「待ち合わせの時は俺から声を掛ける。今日みたいに手を繫いでいたらはぐれないだろ？　表情が読めないなら何を考えているかできるだけ言葉で伝えるよ。俺のこと知ってもらえるように、気持ちも隠さずに話す」

優しい口調で前向きなことを話す。私には恋愛とかよくわからないけど、そんな海斗を好きじゃないわけがない。

たぶん、一般的にはわかりにくくて面倒な私なのに、海斗は全部受け止めてくれているように思える。

顔なんてわからないけど、海斗が男前でいい人だってことはわかる。そんな人が付き合おうって言ってきたら嬉しいに決まっている。

だけど、私はずっと唇を噛んだまま下を向いていた。

「……血ぃ出てるぞ。口」

あんまり強く噛みすぎて唇が切れていたけど、それでも、私は唇を噛んだまま顔を上げられなかった。

「……無理だよ」

私は一言だけ言うと、それ以上余計なことを言わないように、また唇を噛んだ。

「なにが無理なんだよ。付き合ってみなきゃわかんないじゃん」

海斗の声は相変わらず明るかった。きっと笑顔なのかもしれない。

「だって、さっき紹介してくれた長谷川君の叔父さんも叔母さんも、従姉のお姉さん達だって、私は次に会ってもわからないよ。長谷川君の家族だって、友達だって、頻繁に会えない人は覚えるのが難しい。会う度に紹介するの？　この前のあの人だよって教えてくれるの？　それとも、私には面倒だから会わせない？」

「別にいいじゃん。必要なら毎回紹介するし、毎回教えるよ。おまえが会いたくなかったら会わなきゃいいし」

穏やかな明るい声のまま、海斗は相変わらずポジティブに返してくる。

「長谷川君の顔だって見分けがつかないんだよ。今はいいかもしれないけど、私にはずっとわからないんだよ」

「……声とか他のところでわかっているんじゃないの？　見分けられるくらい一緒にいればそのうち覚えるだろ？　それに、俺にはおまえの顔がわかるから。だから、俺は辛くない」

私はそれでも、顔を上げずに唇を噛んだ。

「それやめろよ、タラコ唇になるぞ」

「……別にいい。どんな酷い顔になっても、私にはわからないし」

海斗の小さなため息が聞こえた。

「そんなに自分の殻の中に閉じこもるなよ。おまえが思っているより、世界は怖いところじゃないって。そりゃ、前に色々とあったのかもしれないけど、それが全てじゃないんだから。外に出ないと何も始まらないだろう？」

優しさはそのままだったけど、海斗の口調が少しずつ強くなっていった。

私のいる世界は怖いよ。みんな同じ顔をしているって思うと、実はみんな同じ人じゃないかって思ったりして混乱することもある。

特徴を必死に覚えたところで、顔を見てみんな同じだと思ってしまうと、覚えた特徴なんてどこかへ飛んで行って、誰が誰だかわからなくなってしまうこともある。

海斗にはそんな気持ちは理解できるんだろうか？

「……じゃあ、長谷川君に私の声が聞こえなくなったら？」

私は少しだけ顔を上げて、上目遣いで海斗を見た。海斗の顔は真っすぐ私に向いている。

彼の口調はまた優しくなって「それでもいい」と言った。

「声が聞こえなくても、色んな方法で話はできるから。音声を変えるアプリもあるし、筆談だってできるだろ？　おまえがそういうの面倒だって言うなら、俺がもっと読話を練習する。読話って、唇を読んで相手が何を言っているかわかるようにするんだけど、今はまだあまりできないんだ」

海斗は自分のことに対しても本当に前向きなんだ。

どうしたら、そんなに強くなれるんだろう……。

「だけど、俺は葉月の声が好きだから。ずっと聞こえなくならなければいいな……」

それを聞いて、酷いことを言ったと後悔した。海斗に向かって、もしも聞こえなくなったら、なんて言えてしまう私は最低だ。

そう思ったら、また顔を上げられなくなった。

「ごめんなさい、酷いことを言った」

「……謝るようなことは言ってないよ。葉月の不安は当然だし」

「だけど、付き合うのは無理だから」

私は下を向いたまま、また唇を噛んだ。

暫くの間、海斗も黙ったままで、夜の教室の中が静まり返っていた。

もう帰りたいと思ったけど、自分から動くことができずにただ唇を噛み締めていた。

「唇噛むのやめて、言いたいこと全部言えよ」

言いたいことじゃない。唇を噛むのを止めてしまうと、言いたくないことを言ってしまうんだって、海斗はわかっていない。

私は涙が出そうになったのを必死にこらえた。

「何言われても怒らないから」

そう言った海斗の声は穏やかだったけど、さっきまでの明るさは消えていた。

「──長谷川君の言う通り、私は誰かを好きになろうと思っていないの」

「だからさ、そんな頑なにならないで、試しに付き合ってみようよ」

海斗が座っていた私の席から立ち上がろうとした。

「試しに？　そんな気軽に言わないでよ」

私が低い声を出したから、海斗は立ち上がったまま動きを止めた。

「長谷川君はいくらでも次があるんだから、別に私じゃなくてもいいよね。たまたま今は好みだと思って、声も聞こえて一緒に居ると楽かもしれないけど。長谷川君ならそんな子はこれからだっていくらでも出会えるよ。中学の時みたいに受け身じゃなくなれば、いくらでも見つかるよ。私にはわからないけど長谷川君は超イケメンなんでしょ？　優しくて心も大きくてポジティブだから、誰だって好きになってくれると思うよ。だから、私のことは放っておいて！」

後半は涙声になったから、また唇を噛んで涙をこらえた。

「……葉月が何を怒っているのかよくわからないけど。俺は葉月を好きだって言っているんだ。好きになれる子を探したいって言っているわけじゃない」

「そんなこと知っているよ。失礼なことを言っているんだってわかっている。だけど、私はずっと一人でいいと思ってきたの。それを変えてしまうと、また元に戻ることができなくなるかもしれない。付き合うって永遠じゃないんだから、相手が嫌になったり自分の方が嫌になったりって絶対あると思うし。そうなった時に、普通は友達がいたり、また他の人と付き合えたりすると思うけど、私はずっと一人でいたから、何もなくなっちゃうんだよ。そういうのが見えるから、初めから誰かと付き合おうなんて思わない」

海斗がゆっくりこちらへ近づいて来ると、ポンポンと私の頭の上に手を置いた。

それから、私の座っている隣の机に腰かけると、見下ろすようにこちらに顔を向けた。

「だからさ、そんな風に狭く考えるなよ。葉月は一人だって言ったけど、今は俺だって小松だっておまえの友達じゃん。俺は顔をわからないってことも知っている。少しずつ信頼できる友達を増やしていけばいいと思う。もしも俺たちが付き合ってその後に別れたとしても、葉月は次にも誰かと付き合えるようになるって断言できるよ」

「あんまり適当なことを言わないでよ」

私はまた下を向いた。私は誰かに心を開くと、自分が傷付かないようにそれを閉じる準備をしなければいけない。海斗と友達のうちはまだいいけど、付き合ったりしたらハッキリとした別れが必ず来る。そうやって誰かに心を閉じたその後に、また誰かと付き合えるとは思えなかった。

「大体、私に近づいて来た物好きは長谷川君だけだよ」

「それは違うね。葉月に近づくことができたヤツが、俺だけだったって言うのが正しい」

海斗が少し高い声を出してケラケラと笑った。

「本当はあんまり言いたくなかったけど、葉月って実はめっちゃモテるんだよね」

「……モテたことなんてない」

ずっと一人でいたのに、モテる要素なんて微塵(みじん)もない。何を根拠に海斗はそんなことを言っているんだろう。

「葉月のこと気になっているの、俺だけじゃないって。おまえと同じ中学だったヤツらとかも言ってた。学校にいるときの葉月と家の近くで見かけた葉月は違うってさ。家族と楽しそうに歩いている葉月は高校でガード張っている時よりかわいいって」

　それって、近所で高校の人に見られているってこと？　そりゃ、家族と一緒の時は学校と違って気を張る必要がない。

「入学式で壇上に立っただろ？　次席のスピーチした時さ、好印象で目立っていたんだ」

　そんな海斗の言葉が耳に入っても反対の耳から抜けていく。

　だってモテたいと思ったこともなければ、誰かと付き合いたいと思ったことだってない。面倒なことが増えるだけだから。

　そんな私にはモテると言われても苦痛でしかない。

「葉月は次席ってことは、学年で二位の成績だろ？　女子ではトップ。で、普段は誰とも接することなく人を寄せ付けないオーラを放っている。だから、他の奴らには高嶺(たかね)の花なわけ。俺はそんな葉月より唯一成績が良くて、図々(ずうずう)しいからストーカー並みにおまえに近づいて話すことに成功したってだけ」

　ほかの男子が寄ってこない理由を説明してくれているのかもしれないけど、私には関係ないのに。

　私は静かに目立たずに自分の世界の中だけで生きたかった。

やっぱり人と付き合うのは煩わしい部分が大きい。海斗とはそういうのをまだあまり感じていないけど、付き合おうなんて言われると、面倒なことはイヤだと思ってしまう。

何より、自分が誰かに執着するかもしれない、と思うと怖かった。一人に戻れなくなりそうで。

閉じていく心を感じながら、楽しそうな声色で話す海斗の話を聞いていた。

「それに女子達がなんで俺と葉月に対してあんなに応援モードかって言うと、やっぱり成績優秀で目立つ二人だからお似合いって感じらしいんだよね。葉月が自分達に敵うような相手だったら、あんな風に応援しないでもっと敵視されているだろ」

「――よくわかんない。たとえ私のことを気にしている人が他にいたとしても、誰かと関わってきたわけじゃないからどうでもいい。私の世界ではなにも変わっていない。それに、知らない誰かに言い寄られても困るだけだよ」

「そっか――」

海斗がこちらを向いて、私の髪を梳かすように撫でた。

「話は戻るけど、もしも俺と付き合ってその後に別れることになっても、葉月がその気になったら付き合いたいって思う男はたくさんいるってこと。葉月は容姿を問わないんだから、いくらでも選べるだろ」

今まで誰も声をかけてこなかったのに、他の人から声がかかるとは思えない。たとえ声がかかっても、私には負担でしかないと言っているのに。

「だからさ、たとえ俺に心を開いて付き合ったとして。その後、別れたとしても、それは無駄にならねえってこと。次に生かせるんだよ」

次に生かす――？

それを聞いて、ようやく今までの話をしていた理由がわかった。海斗は私に一歩踏み出せって言っている。

自分の中だけで守ってきた世界から出て来いと。心を開いたあとは、また閉じるだけだと思ってしまう私に、開いたままの世界に居続けろと言っているのだ。

海斗は立ち上がって私の背中を軽く叩いた。

「ってことを踏まえたうえで、俺と付き合ってみない？　まだ何か不安があったら何でも答えるし、何でも一緒に考えていけるよ」

海斗は本当に優しい。彼の気持ちもちゃんと伝わっていると思う。

とにかく前向きな彼は、きっとどんな不安も取り除いてくれるだろう。

だけど、私には自分の守ってきた世界から、その一歩を踏み出す気持ちなんて見当たらない。

「それでも、無理だと思う。長谷川君のことがどうっていうんじゃなくて、自分自身の問題で誰かと付き合いたいと思えないの。できれば、このまま友達がいい。長谷川君は友達が無理なら、もう一切関わらなくてもいいから」

迷いなく出てくる私の言葉に、海斗が小さく息を吐きながら笑った。

「ハハッ。ちょっとは考えろよな」

「——ごめん」

「答えはすぐに出さなくていいよ。自分の心を決めつけないで、純粋に俺と付き合いたいか付き合いたくないかで返事が欲しい。葉月の心が決まるまで、俺は今まで通り自分の思うように行動するよ」

純粋に海斗を好きか嫌いかだったら、好きだと思う。友達か恋愛かの線引きはわからないけど。

海斗と付き合いたいかどうかだと、今以上の返事ができる自信はなかった。

それから、海斗は私に手を差し出して「遅いから、もう帰ろう」と言った。

私が手を出せずにそのまま座っていると、片手を掴んで引っ張られた。仕方がなく、そのまま手を繋いで教室を出た。

こんな場所ではもうはぐれてしまう心配もないのだけど……。

# 12　美沙の母親

その後はどうやって帰って来たのか、よく覚えていなかった。

送らなくていいって断ったけど、やっぱり家の前まで海斗が一緒だったとは思う。

私は自分が守ってきた世界が壊れていくような気がして、それが怖かったのかもしれない。

だけど、海斗が言っていた通り、友達と呼べる海斗と美沙の存在自体がもう既に一人で生きてきた世界から変化が起きている。今までの世界が壊れても、綺麗な世界が待っているような、そんな錯覚さえあって混乱していた。

気づくとベッドの上で膝を抱えている自分がいた。

ずっと真剣に悩むということを放棄してきたから、人って考え込むと本当にこんなポーズをとるのかと苦笑した。

気分を変えたくて、私は一階に降りてキッチンの冷蔵庫を開けた。

「お母さん、私のレモンティーどこ？　ペットボトルの」

声をかけると、リビングで洗濯物を畳んでいた母がふり向いた。

「あら？　葉月のだったの？　さっき睦月が飲みたいって言ったからあげちゃったわ」

「もう、私が飲もうと思って買っておいたのに。ちょっと自販機で買ってくる」

「明日(あした)にしたら？　もう暗いわよ」

心配性の母の声を背中で聞きながら、私は部屋へ小銭を取りに戻った。

別にペットボトルのレモンティーをすごく飲みたかったわけではない。

モヤモヤしている気持ちを夜風で吹き飛ばしたかったのかもしれない。

夏の暑さを感じる昼間とは違い、夜の空気はまだ涼しくて心地がいい。すぐ近くの自販機に行くつもりが、少し足を延ばして駅前のコンビニまで歩いた。

レモンティーを買ってコンビニから出ると、突然、角を曲がってきた集団が一斉にワッと歓声をあげたからビックリした。

飲み会帰りの酔っ払い連中が盛り上がっているんだ、と頭では冷静に思うのに、心臓が異常なほど速く鼓動を打ち続けてドキドキが止まらない。

急に目眩(めまい)を感じて立っていられずに歩道の端でしゃがみ込む。

これはヤバいかも――！

『騒ぐな、ガキが！』

ふいにヒステリックな声が耳の奥に響いた。

同時に、怒鳴った女性の姿が私の脳裏をよぎる。長い髪を振り乱して、みんなと同じ顔をしているはずなのに、私の目には鬼婆のように見えた。その手には黄色い布のようなものを抱えている。

そう、これは幼い私のトラウマの日の記憶だ。

海斗に話した小一の時のこと、奏町でキャンディのイベントを観に行った日の夜。

あの日の私は、家に帰ってからもパニック状態が続いて泣き通しだった。みんな同じ顔にしか見えず、自分が今まで何を見ていたのかもわからなくなり、ただ人がみんな同じ顔だということだけが際立って見えて恐怖の渦の中にいた。

あまりにも泣き叫び続けていたから、心配した両親が救急病院を探して電話をしていた。私は家族だと頭でわかっていても、家の中で同じ顔の人たちと過ごしていることさえ恐怖で、両親が病院を調べている隙に家を飛び出していた。

夜道でいきなり怒鳴りつけられて、私は一瞬で凍り付いたように立ち止まった。

「騒ぐな、ガキが！」

怒りを露わにしながら去って行く鬼婆のような女性のうしろ姿を見ながら、自分が裸足で泣き声を上げながら外を歩いているのだと我に返ったのだ。

すぐに私を捜しに両親が追いかけてきて、父の車で病院へ行った。パニック状態の中で怒鳴られて色んなショックが重なっていた私は、病院で注射を打って眠りについた。

そして、起きた時にはいつもの自分の部屋で、パニックを起こしていた心は落ち着きを取り戻していた。

私はトラウマになった過去を思い出して冷静になると、さっきの尋常ではない動悸も目眩も消えていた。

「やだな、もう」

いつまであの頃のトラウマに襲われるんだろう、と思うとウンザリする。

今日は色んなことがありすぎた。日常とは違うことが起こりすぎて、心も体もおかしくなっているのかもしれない。

私はため息を吐きながら立ち上がると、あの女の人の怒鳴り声が鮮明に思い出されてハッとした。

自然と早足になって家に帰り、そのまま二階へ駆けあがる。

ベッドの上に放っていたスマホを手に取ると、ＬＩＮＥの通知が来ていた。

海斗かと思って見るのを少し躊躇したけど、送信者は美沙だった。

『話したいことがあるの。明日会えないかな』

私はすぐに返信した。

『私も美沙に聞きたいことがある』

私が部屋に掃除機をかけている時にチャイムが鳴った。すぐに睦月がバタバタと足音を立てて、物凄い勢いで玄関へ飛び出して行ったのが聞こえた。

「パパ！　ママ！　葉月ちゃんの友達が来たよ！」

ご近所中に聞こえるんじゃないかというくらい大きな声が響きわたる。

いや、この場合は私を呼ぶのが普通だと思うけど……。

私は掃除機を片付けて一階に下りていくと、両親と睦月に囲まれた美沙が見えた。

表情はわからなくても、多分、とっても困っているだろうと思われた。

母が美沙をリビングに連れて行こうとしていたから、慌てて「私の部屋に通して！」と母に強い口調で言った。

「ごめんね、家に友達が遊びに来るなんて小学校に入学した頃以来だから、家族が舞い上がっちゃって」

私は小さな白いテーブルの上に、用意していた紅茶を出して美沙に勧めた。

「フフッ、歓迎されて嬉しいよ」

美沙の声が笑っている。いつもと変わらない彼女だと思うとホッとした。

美沙は紅茶をすすりながら、カップをソーサーに戻さずに握り締めるように抱えた。

そして、話すタイミングを計るように顔を上げて私の方を見たような気がする。

私は黙ったまま紅茶に砂糖を入れて、スプーンでかき混ぜた。

しばらく沈黙が続き、二人ともただ紅茶を口に運んでいた。

「……昨日の、お母さんのこと。誰にも言わないでほしいの」

ふいに美沙が口を開いて沈黙を破った。

「……もちろん。そんな発想なかった。私には話す人もいないから」

口止めしに来たんだとわかると、私はあまり良い気分はしなかった。

美沙が安堵の吐息をもらしたから、彼女にはそれだけ大きなことだということはわかった。たしかに友達の前で母親に大声を出されて、しかも内容がお金の無心だから、本人にはすごく恥ずかしかったのかもしれない。

だけど、私は彼女が母親を嫌がる理由として、もっと大きなことがあるんじゃないかと思っていた。

「あのね、私も美沙に話があるの。聞きたいことがある」

「昨日のメッセにもあったね。なに？」

美沙の声から緊張感が抜けていたから、心配事が消えて気持ちが切り替わったのだろうと思った。少し申し訳ない気持ちになったけど、私はどうしても聞かずにはいられなかった。

「昨日、美沙のお母さんが怒鳴っている声を聞いて、どこかで聞いたことがあるって思ったの」

それを聞いた美沙のカップを持つ手がピタリと止まった。

「っていうより、前にもあの声に驚いた記憶がある。とっても印象的な出来事だったから、その時に聞いた声が美沙のお母さんの声と同じだって重なったの」

「そうなの……？」

美沙の手が震え、紅茶の表面が細かく揺れる。

聞かれたくないことを聞いている自覚はあった。そこに胸が痛まないわけではない。

「興味本位で聞きたいわけじゃないの。ただ、私はどうしても、あの三年前に神部駅で見つかった遺体の女の子に同調しちゃうから……」

「――なんの話？」

「私、美沙のお母さんに、前にも会ったことがあるって思い出したの」

一瞬だけ、部屋の中に沈黙が走った。

美沙はゆっくりティーカップをソーサーに戻すと、小さく息を吐いた。

「ふうん、いつのこと？」

それはどこか落ち着きを払った、余裕を見せようとしている喋(しゃべ)り方だった。

「……以前ね、夜道を歩いていた時のこと。ちょっとパニック状態で外に飛び出して、たぶん声を出して泣きながら走っていたんだよね。いきなり通りすがりの女の人に『騒ぐな！』って怒鳴られたの。あれ、今思い出すと美沙のお母さんだったと思う」

そこまで話すと、私は小さく深呼吸をした。美沙に私の体験した事実を話すだけなのに、少し緊張しているのがわかる。

「その人、手に黄色いヒマワリの柄のワンピースを持っていたの。あの遺体の子が着ていたのとそっくりだった」

「──たまたま似ていただけじゃない？」

「そうかな。私に怒鳴った人はあの子が着ていたワンピースを手に持っていた。美沙はあの子の所持品と同じペンダントをしている。それに、前にあの子が亡くなっていた場所に花束を置いていたでしょ？　美沙は一体なにを知っているの？」

「なにって……。葉月の考え過ぎでしょ？」

そんなつもりはなかったけど、追い詰めた言い方だったのかもしれない。美沙がかなり動揺して上ずった声を出した。

「そうかな。あの子の話になると、美沙はいつもの調子じゃなくなるよね」

私がそう言うと、美沙は黙ってしまった。なにも言わず、ただ私の方に顔を向けている。それがどんな表情なのか知りたいと思ってしまうけど、顔に注目してもいつもの同じ顔があるだけで表情なんてわからない。

「──葉月はどうして、あの女の子に固執するの？」

「えっ？」

ドキンと自分の心臓の音が聞こえた気がした。変な緊張感が走って冷や汗が出る。

「さっき同調しちゃうって言っていたけど、普通、遺体になって見つかった子に同調なんてしないよね？」

今度は私が黙る番だった。頭の中は懸命にフル回転させていた。

もしも私が顔の見分けがつかないという話をしたら、美沙はドン引きするのだろうか？　それとも、同情でもする？　面白がって根掘り葉掘り聞きたがる？

私の話をしたら、美沙は全てを打ち明けてくれるだろうか？

そんな駆け引きみたいな思考に気づくと、私は思わず苦笑いした。

自分自身が覚悟を決めて話す勇気がないのに、美沙にはそれを望んでいるのだ。

「……考え過ぎだったのかな……」

私は誤魔化すように呟いた。

美沙が話したくないことを聞くのはやめようと思った。それはきっと、私が聞かれたくなかったから。

「――うん、そうだよ。昨日、あんなとこ見られちゃったけど、あの人とは今一緒に住んでいないの。だから、時々お金の無心をしてくる毒親ではあるんだけどね。だからといって、あの神部駅の遺体の女の子とは関係ない」

「――そう」

美沙が今までどんな環境で生きていたとしても、私には関係ないことだ。

友達になりたいと言われたからとか、気になることがあるからとか、もっと突っ込んで聞きたい理由はあるけれど。私が踏み入っていいことじゃないのだろう。

だって、私も美沙に自分のことを話せていない。

「ねえ、葉月が私のお母さんだと思ったって人に怒鳴られたのって、三年前のこと？」

「ううん。私が小学一年の頃だから、三年前じゃないの」

あれは美沙の母親ではなかった可能性はある。それでも記憶が甦（よみがえ）ったばかりの今、あの声も怒鳴り方もそっくりだったという確信に近いものがあった。

普段は確信なんて何も持てないはずなのに、それだけ自信を感じていた。

「そう、なんだ」

呟いた美沙の声がどこか不自然に震えている。

「じゃ、ちがうよね？　あの子が死んだのは三年前で、そのワンピースがいくら似ていても同じはずがない」

「――うん」

頭ではその言葉の意味通りだと思うのだけど。私には、美沙の声が逆だと言っているように感じてならなかった。

表情と声が必ずしも一致しないらしいということは学んでいた。海斗が言うには、表情は嘘つきで声が正直らしいから。

今の美沙の表情はわからないけど、震えた声であの子のワンピースであることを否定されると、やっぱり美沙の母親が手に持っていたワンピースはあの女の子の物だったのだと聞こえてしまう。

私が美沙の母親に怒鳴られたのは、確かに小一の夏休みにキャンディのイベントを観た日の夜だった。あれは九年前だから、それから六年後に見つかったあの子のワンピースが、あの日の美沙の母親の手に渡ったなんて有り得ないことだ。

それでも、美沙とあの子が結びついていくと気になってしまう。


「それで、結局のところは長谷川君と付き合っているんだよね？」

しばらくの沈黙の末、もうこの話は終わりだと区切りをつけるように、美沙がローテーブルに頬杖(ほおづえ)をついてこちらに顔を向けている。

「ううん、付き合ってはいないんだけど……」

まだ海斗のことを考えたくなくて、私は大きくため息をついた。

「まだ付き合ってないなら、告られたんだ、長谷川君に」

美沙はからかうわけでも笑うわけでもなく、どこか深刻そうな声を発した。

「……まあね」

「なんで悩んでいるの？　だって、一緒にお昼を食べて一緒に登下校だってしているでしょ？　昨日はデートもしたんでしょ？　付き合っているのと何が違うの？」

そう聞かれると、また混乱する。一緒にいるようになったのなんて、つい数日前からで、ずっとそうしてきたわけじゃない。

「たぶんね、今ならまだ引き返せるって思っているの。ここで断れば、長谷川君だってもう近寄って来ないだろうし……」

「……無責任なことは言えないけどね、あんた達は本当にお似合いだよ。客観的に見たらね」

美沙はそう言うと腕時計を見て「もう帰るね」と持って来たリュックを手に取った。

玄関へ行くと両親と睦月は大騒ぎで、どんな友達なのか知りたくてしきりにリビングに誘ったけど、私が「駅まで送ってくる」と阻止して外へ出た。

ガードレールのある狭い歩道を並んで歩く美沙を見ると、首元に揺れる星形のペンダントが目に入る。あの女の子とお揃いに見えるペンダント。

「美沙は今、お父さんと一緒に住んでいるの？」

母親とは暮らしていないなら、今はどうやって暮らしているのか気になっていた。

「ううん。でも、今は家族が居るの。だから、あんな私立高校にも入れたんだし」

美沙は微笑んでいるのだろうか。声が嬉しそうだった。

私はそれ以上しつこく聞くことはしなかった。

神部の改札に着いて、私が「少し時間ある？」と聞くと、美沙は「少しなら」とうなずいた。

改札の前で美沙を待たせて、お花屋さんでピンクの花を基調にした花束を注文した。この前、美沙が妹に作った白い花束に似たような花を使って、似たような形にしてもらった。

「この前、気が付けば良かったんだけど。双子の妹の誕生日ってことは、美沙の誕生日でもあったんだよね？」

美沙に花束を渡すと、「えっ」と掠れた声が聞こえた。と同時に、美沙の頬をぽろぽろと涙がこぼれ落ちた。

涙の理由がよくわからず「どうしたの？」と聞いたけど、美沙は首を振って花束を抱きしめるようにして人目も気にせずに泣いていた。

「この前の花束は、死んだ私への花束だったの」

美沙が急に不可解なことを口にした。

私に顔を向けた美沙は、涙を流しながらもクスクスと笑った。私の表情が可笑しかったのだろうか。

「これは、生きている私への花束だね。どうもありがとう」

そして、美沙は涙を拭いて改札の中へ入って行った。

美沙はあの亡くなった女の子との関係を否定していたはずだけど……。やっぱり、何かしら関係があるということだよね？　その表現が独特だけど、死んだ私というのは双子の妹のことを指すのだろうか？

それが三年前の遺体の女の子なら年齢が合わない。

美沙は何を言いたかったのだろう……。

# 13　期　限

冷静に考えても、遺体で発見された女の子と美沙が無関係に思えない。同じ星形のペンダントに妹の誕生日プレゼントとして買った花束。そして美沙の母親らしい人が持っていたあの子の着ていたワンピース。

何よりも、美沙の態度があの遺体は彼女の大切な誰かだと言っているように感じていた。

少なくとも、美沙はそのことを隠したがっている。

美沙が他のクラスメートより大人っぽく見えるのは、親にさえ甘えず、一人で何かを抱えていると感じるからかもしれない。

ふいにお昼過ぎからずっと放置していた携帯からＬＩＮＥ通知音が鳴った。確認すると、海斗からだった。その前にも海斗から何通かのＬＩＮＥメッセージが来ていた。

『葉月の家近くのファミレスにいる！　勉強しているから、都合いい時間におまえも来いよ』

そんなメッセから始まり、最後は今きた『勉強しねえのか？　テスト前に余裕だな』まで、ファミレスに来いって内容のメッセが五件も入っていた。

昨日の今日で海斗のことは何も考えられていない状態で会うのも気乗りしなかったけど、とりあえず電話をしてみた。

「なんだよ、おまえ。ずっと無視されているのかと思った」

電話の向こうから、海斗の明るい声が聞こえた。

「美沙が家に来ていて、スマホ放置していたの。なんでウチの傍のファミレスに来てるの？」

「おまえと一緒に勉強するために決まっているじゃん」

「こっちの都合もあるんだから、来る前に相談したりしてよ」

私は自分の部屋に行くと、電話をしながら片手で持って行く勉強道具を集めた。

「いや、さすがに昨日の今日で、図々しいかなって」

いきなり来て待っているのは図々しくないの……？

私は手近にあった鞄に持って行く勉強道具を入れ始めた。

「葉月は来るの、無理そう？」

そう聞かれて、自分が普通に行く気満々で支度をしていることに気づいた。少しも躊躇していないじゃん。

「美沙が帰ったから行く支度しているけど、もしかしてもう帰る？」

「いや、まだ夕方前だし、待っているから来いよ」

海斗はあからさまに嬉しそうな声を出して、そのまま通話を切られてしまった。

『来いよ』はいいけど、ファミレスで海斗を探すのが至難の業ってことをわかっているのだろうか。

どこに居るのかわからなかったら電話すればいいのだけど、ファミレスに入って探すと思うと少し面倒臭い。

「ファミレスで勉強して来るね」

と母に告げて家を出ると、またＬＩＮＥが来た。

『奥の窓側ソファ席にいる。ちなみに今日のファッション』

という文章と一緒に、ファミレスの席に座っている海斗の自撮り写真が送信されてきた。

ファミレスに行くと、席と服装がわかったおかげですぐに海斗を見つけて席につく。

「おっ、すぐにわかったな。良かった」

いつもの調子の良い口調にホッとする。

「うん、写真があって助かった」

私がさっき送られて来た写真を見せると、海斗は「やべっ」と小声で漏らした。

「ギャグで変顔していたけど、葉月にはわかんねえか。ハハッ」

変顔って、つまりは変な表情をして写真を撮るってやつね。聞いても私には理解のできない部分だから「そうなんだ」と相槌だけ打った。

「長谷川君は昼過ぎからずっと勉強していたの?」

「まあな。他にやることもないし」

海斗は飽きているんだろう。私が座ってからずっとシャーペンをテーブルの上に置いてしまっている。

「昨日も出かけちゃったから、私はこれから本気で勉強するよ」

「いいよ。じゃあ、俺もまだ勉強する」

やっぱり、もう勉強するのをやめて、ただ私を待っていたのかもしれない。そんなことも思ったけど、店員にドリンクバーだけ注文をすると勉強に集中した。


「ちょっと休まない? その集中力はすごいな」

ノートをつつかれて、私は海斗の存在を思い出した。

窓の外に見える街がオレンジ色に滲んでいて、もう夕暮れ時だった。

「帰るの? 私はもう少し勉強していく」

「帰らねえよ。少し休憩!」

海斗は私のノートと教科書を取り上げた。

「おまえさ、俺がただ勉強に誘っていると思っているの?」

表情はわからないけど、明らかに呆れている口調だったから、私は海斗の顔を見た。それでも、いつもの調子でハハッと笑い声がして少しホッとした。

「昨日の返事は……まだ用意できていないよ」

「いいよ、そっちはゆっくりで。焦って考えられても断られるってわかっているし」

だったら、私はずっと返事をしないかもしれない。今、こうやって友達のように会っているのが楽しくて気楽だった。

そのうち海斗の彼女が現れて、徐々に距離ができていくのが理想的だ。心の扉をいきなり開いたりいきなり閉じたりする必要もなく、少しずつ開いた扉を少しずつ閉じればいい。

「じゃ、いつまでに返事したらいい？　心が決まるまでって言われたら、ずっと返事しないで、長谷川君が他の子を好きになるのを待つかもしれない」

「なんだ、それ？　ひってえな」

海斗がケラケラと笑ったけど、私は「酷いのはそっちだよ」と呟いた。笑い声が止んだから私の声が聞こえていたのだと思うけど、海斗は特に何も言わなかった。

「そうだな、テストが終わるまではこの話は保留にしようぜ。返事は終業式の日ってことで。付き合うことになったら、夏休みはいっぱい一緒にいられるし、ダメでも夏休みに入ったら気まずくないだろ」

「……わかった」

海斗の提案は私をホッとさせた。夏休みは一ヶ月以上ある。その間に会わなかったら、また一人の生活に戻れるだろう。

「俺、葉月と一緒に出かけるプラン、いっぱい考えるからな」

海斗が私の頭に手を乗せて、髪をくしゃくしゃっとした。

まるで私の心の中を見透かしたようだ。

「……うん。頭から付き合わないって考えないで、長谷川君と付き合えるかどうか……ちゃんと考えるから」

「ったりめえだ。俺だって真剣に好きだって言っているんだから、おまえも真剣に考えろ」

海斗と一緒に居るのは楽しい。だけど、この関係がずっと続くわけじゃない。

終わる時を恐れて始めないか、終わりがあっても始めるか、という選択なのかもしれない。

「そろそろ休憩終わってもいい？　中途半端に中断されて気持ち悪いんだ」

私が手を伸ばして海斗が取った教科書とノートを取ろうとしたけど、海斗はそれを阻止した。

「葉月って本当に勉強が好きなんだな。俺、頭いいから勉強はできるし嫌いじゃないけど、おまえを見ていたらそこまで勉強が好きかどうかわからなくなった」

「うん、勉強に没頭すると忘れられたんだよね。人の顔がわからないとか、イヤなこと全部。勉強って一人でするものだから、人と関わらなくて済むし」

スポーツとか習い事とか、誰かと接しなきゃいけないようなことはできなかった。だからこそ、自分の役に立つ勉強っていう方法になってしまったんだと思う。

「ふうん」と言って、海斗はようやく教科書とノートを返してくれた。

「そうだ、数学でわからないところがあったの。長谷川君に聞こうと思っていたんだ」

返してもらったノートを広げて見せると、海斗は急に明るい声を出して張り切って教えてくれた。


「おまえさ、何年か前の神部駅の遺体、気にしていたよな？」

帰り道、大通りの歩道を並んで歩いていると、ふと海斗が言った。私の脳裏には幼い私を怒鳴った美沙の母親と、美沙の首元に揺れる星形のペンダント、眠ったようなあの子の写真が交差しながら流れていく。

「あの七、八歳の女の子？」

「うん。俺、あのあと思い出したんだけど、あの公開写真にあったワンピースあるじゃん？　あの子が着ていたオレンジ色の地で、黄色いヒマワリの花がいっぱい描かれたやつ」

「うん……」

あの子は一月だったのに夏服のワンピースを着ていた。

パニックを起こしていた私を怒鳴った美沙のお母さんが抱えていた――。

「あのワンピースを着た背恰好がよく似た女の子を俺は知っていたんだ」

私は思わず立ち止まって背の高い海斗を見上げた。

あの女の子は美沙とは関係がない、実在する子だったということだろうか？

「名前も知らないし、正直言って顔もよく覚えていないんだけどさ。夏休みに何度か一緒に遊んだんだ。たまに行っていた少し遠くの公園にあの子が来ていて。で、最後に会った時にあのワンピースを着ていた」

三年前――中一の海斗が夏休みに公園で七、八歳の少女と遊んでいたの？ ちょっと想像がつかない。実は近所では子ども好きのお兄さんとか……？

私は話の主旨とは違うところに引っ掛かりながら、海斗の話に耳を傾けた。

「あのワンピースを着ていた日のあの子は、ずっと会いたかった人に会いに行くんだって、とっても楽しみにしていたんだ。ただ、その後はその子と会うことはなかった。気になって夏休みが終わる前に、その子が住んでいると言っていた家に行ってみた。そこは確かにその子の家だったみたいだけど、既に引っ越していたんだ」

「……家にも行ってみたの？　それって、本当に三年前の話？」

どうしても引っ掛かって海斗の顔を覗き込むと、海斗はフッと鼻から抜けるような笑い声を漏らした。

「普段は鈍いくせに、こういうことには鋭いんだな、おまえ。三年前じゃないんだ。俺が小学一年生の頃の話だから、もう九年も前の話だな。その子も同い年だった」

海斗はケラケラと声を上げて笑った。

九年前――⁉

私があのワンピースを抱えた美沙の母親を見たのも、九年前、小一の夏休みだ。

「だから、あの事件とは無関係なのは知っているんだけど、どうしてもあれはあの子だったと思えて仕方がないんだ。あのワンピースはお母さんの手作りだって言っていて、それとそっくりなんだよ」

それは小一の頃の美沙なんだろうか……。その美沙が三年前の、つまり当時から言えば六年後の一月に神部駅に現れた――？　だけどなんで遺体なの――？

そこまで考えて、私は美沙が過去や未来に行ったとか、そんなSFみたいな話を前提に考えてしまった自分に呆れた。

ワンピースが似ているだけで、年齢も違う他人だと考えるのが常識だ。

「あの子は凄く印象的というか……自由奔放な子でさ。感情表現も激しくって、すぐって、今だったら思うな。俺もガキだったから遊べたけど」

有り得ないとわかっていても、私は海斗の話と美沙の言葉と三年前の事件の繋がりが気になって胸のドキドキが止まらなかった。

「顔色悪いけど、大丈夫か？」

そんな私に気がついたようで、海斗が私の頬に手を当てた。

「……長谷川君って、頭やほっぺに触るの癖だよね」

「別に癖ってわけじゃないよ。誰にでもしているわけじゃない。これくらいなら許されるかな？　って探りながらやっているんだ」

海斗はそう言うと、またポンポンと私の頭に手を置いた。

モテ男も意外と慎重なんだな、と思うとまた少し親近感が湧いた。

「意外とシャイなんだ、長谷川君って」

からかい口調で言うと、海斗は照れたのか怒ったのか、そっぽを向いてしまった。

いつの間にか神部駅まで着いていて、階段下にある立て看板が目に入った。

「――私も、あの子のワンピースを持って歩いていた人を見たことがあるの」

「ん？　あのヒマワリ柄のヤツ？」

ふり向いた海斗の声は怒ったわけではなさそうだった。

「そう。あのワンピース、その子のお母さんが作ったものなの？」

「俺が会った子はそう言っていたけど、三年前じゃないよ」

「私が見たのも、小一の頃なの。昨日、話したでしょ？　奏町のショッピングモールでパニックを起こしたって」

私は吸い寄せられるように階段下の立て看板に近づくと、女の子の写真を撫でるように手を当てた。

「あの日の夜、パニック起こしたまま外へ飛び出したら、泣き叫んでいた私を怒鳴りつけた女の人が持っていたの。これにそっくりなワンピースを。この駅の近くでね」

「……マジか。九年前ってことだよな？」

「うん。三年前に見つかったこの子との関係はわからないけど、私が見たのは長谷川君が遊んだ子のワンピースかもしれないよね？」

「派手だから印象的だもんな。その女の人は何者なんだろうな」

海斗が首をひねって考えている。あの人は美沙の母親かもしれない。そんな言葉は海斗には言えなかった。

「私ね、やっぱりこの子に同調してしまうみたいなの。この子は顔があるのに、誰にもわかってもらえない。誰の顔もわからない自分と逆だって思うのと同時に、いつも思っていたの。もしかして私の知っている子だったとしても、私は毎日この写真を見ているのに、気づいてあげられないんだって」

「俺も時々思ったな」

海斗がハハッと小さく笑った。

「脅迫電話が掛かってきてさ、ボイスチェンジャーの高い声で『おまえの親父を預かった。殺されたくなければ……』って言われても、俺、絶対に何を言っているか聞き取れないなって」

それを聞いて、私は思わず大笑いしてしまった。

「ハハッ、良かった」

心底ホッとした声で海斗が笑った。

「なにが良かったの？」

「葉月が笑ったから。この子の話を切り出したら、ずっと泣きそうな顔していたんだ」

そんな風に気にされると、気まずくなって思わずうつむいた。

「……もうすぐ試験だけどさ。気になるなら、明日の放課後にでも行ってみるか？あの子が住んでいた家のあたり」

「——えっ？　あの子って、長谷川君が小一の頃に遊んだって子？」

「うん、あのヒマワリのワンピース着ていた子。この遺体の子との関係はわかんねえけど。気になるんだろ？　本人は引っ越しているけどさ、今の家の住人から何か話を聞けるかもしれねえし」

私には自分で調べようなんて発想はなかった。知らない子で手掛かりもなくて無縁仏になってしまった子なんだから。

私は目の前にある、遺体の女の子の写真に視線を向けた。

九年も前なら、海斗の話の子はこの子とは無関係だとは思う。美沙が意味深なことを言わなければ……。

美沙は「この前の花束は、死んだ私への花束だった」と言った。

この子が見つかったベンチに花束を置いたのだと考えたら、美沙と無関係だとは思えない。やっぱり、小一の頃に海斗が遊んだ子は美沙ではないのだろうか。

「連れて行ってくれる？　その子が住んでいた場所に」

「おう。じゃ、明日の放課後行こうぜ」

なんだか嬉しそうな弾んだ声で返され、私はこの人に告白されたことを思い出した。

返事を保留している期間だけど、これは思わせぶりな行動ではないのだろうか。

そう考えながらも、遺体の女の子と、美沙と、九年前に海斗が遊んでいた子の関係が気になる方が勝ってしまう。

海斗のことは、保留期間は考えるのをやめよう。タイムリミットが近づいた時にどんな気持ちを持っているのか、純粋に自分の心を見つめて答えを導き出そうと思った。

# 14　記　憶

「キャンディが夏休みに奏町に来るの！　あたし、絶対に見に行きたい！」

私は小学校から帰ると、バタバタとキッチンにいる母の所まで行って開口一番にそう言った。小一の夏休みに入る少し前の頃。

「夏休みにイベントがあるってリオちゃんが言ってた！　生でキャンディが見られるの！」

「奏町？　小学生だけで行けるところじゃないでしょ？　葉月」

母に呆れた声を出されたけど、私は怯まない。

「リオちゃんはお母さんと行くって！」

「そうなの。でもね、人気のグループだったら、夏休みなんてすごい人混みでしょ？睦月を連れて行くのは難しいと思うわ」

たしかにまだ二歳半だった睦月と一緒に長い時間並んで待ったり、ずっと立っていたりするのは大変そう。

だけど、これを逃したらもう二度と生でキャンディに会えないよ！

幼い私の心がそう叫んでいた。

私は物心ついたころには、家族やいつの間にか周りにいた友達のことはなんとなく見分けていた。

たぶん、声や体の動きにその人だと認識する要素があったんだろう。

時々、公園で遊んでいた知らない子を友達と間違えることもあったけど、狭い世界で生きていた幼い私には大した問題じゃなかった。

母の希望で少人数制の自由保育の幼稚園に通っていた。母の意図したとおり、大らかな先生や友達と接することができて、私は何も気にすることなくのびのび過ごせた。

小学校に入学してから、ずらりと教室に並ぶイスと机、着席する大勢の子どもたちに圧倒された。毎日出席を取るけど、誰が誰だかよくわからない。

知っている友達は同じ小学校には少なくて、みんな違うクラスになってしまった。

人の顔がわからないということは、なんとなく母の言葉から知っていたけど、こんなに人のことを覚えるのが大変だなんて思わなかった、と痛感していたのだ。

「葉月ちゃん、キャンディってグループ知ってるぅ？」

前の席のリオちゃんは同じ班の子で、よくしゃべるようになって仲良しになった。

ちょっと間延びする高い声が特徴的で、すぐに覚えられた。

「キャンディ？　アイドルグループ？」

「アイドルっていうかぁ、小学五、六年生五人のダンスグループなの！　テレビにもよく出ているよぉ。あたし、大ファンなんだぁ。これ、貸してあげるぅ！」

リオちゃんからDVDを渡されたけど、アイドルグループはメンバーの区別がつかなくて苦手だった。

でも仲良しのリオちゃんに渡されたDVDだから、家に帰って観てみることにした。お父さんが映画を観るためにと買ったばかりの大画面のテレビに映ったのは、私には見分けがつかない五人の女の子たちが仲良くしゃべっている姿だった。

誰が誰だかわからず、あまり興味を持てずに飽きてきたころ、ダンス場面に切り替わった。

リズミカルなカッコいい音楽に魅かれて画面に集中すると、さっきまでダラダラと話していた女の子たちが、キレッキレのダンスを披露している。その姿に目を奪われた。同時に、五人の個性が際立って見えた。ダンスをしていると、五人の女の子たちの姿と名前が一致して、ハッキリ見分けがつく。

人を覚えることにストレスを感じていた幼い私は、彼女たちのダンスを見るときは楽しくて夢中になった。

そのキャンディのダンスを間近で見られるのだ。仲良しのリオちゃんは観に行くと言っている。

母がなかなか首を縦に振らないから、私は娘たちに弱い父に頼むことにした。

「お父さん、お願い！　夏休みにキャンディが来るの！　奏町に連れていって」

夜、父が帰ってくるなりそんなお願いを言ってみた。

「おっ？　葉月の好きなキッズダンスグループか。平日だったら難しいぞ」

「日曜日だよ！　日曜の十時から！」

私はリオちゃんにもらったチラシを見せた。

「むっちゃんも、むっちゃんも」

睦月も私の影響で、キャンディの音楽が流れるとすぐに反応して踊っていた。

「そうかぁ。葉月だけだったらお父さん一人でも連れていけるけどなあ」

困ったような声を出した父は、助けを求めるように母の方へ顔を向けた。

「いいわよ、葉月と二人で行ってきて。私は睦月とお留守番しているから」

それを聞いた私は飛び上がって喜び、睦月は大泣きした。

「むっちゃんもーーーー！」

「立ち見なのか？」

「奏町のショッピングモールの一階広場でやるのよ。いつも椅子がステージ前に何列か出るけど、ほとんど立ち見の人で溢れてるじゃない。座れる人なんて、何時間も前から並ぶのよ」

そんな話を聞いても、私の行きたい気持ちはブレなかった。

「お父さん、いいって言ったよね？　絶対に行くよ！　睦月の面倒も見るから、お願いだから連れていって」

「じゃあ、こうしよう。お父さんが朝早くから並んで席を取る。お母さんは後から二人を連れて一緒に観る。どうだ？」

みんなが母に注目した。

「わかったわ。お父さんがちゃんと席を取ってくれるならね」

母も渋々賛成して、私と睦月は無事にキャンディを観に行くことになった。


「おしっこ！」

まさにキャンディの出番でキレッキレのダンスを披露している最中に、睦月が大きな声で叫んだ。

「ええっ？　今？　我慢できない？」

母は焦った口調で聞いた。

「おしっこ！」

「しかたないわね。葉月、ここにいてね。睦月をトイレに連れていくから」

トイレはすぐ近くに見えたから、それほど深く考えずに「はあい」と答えて、目の前で踊っているキャンディを興奮ぎみに観ていた。

同じ衣装を着ているキャンディメンバー五人は、髪型も体形も似ている。だけど、ダンスが始まると個性が出て、一目で人と名前が一致する。顔がわからないなんて気にすることなく、ただ純粋にキャンディのパフォーマンスを楽しめるのだ。

彼女たちのダンスに吸い込まれるように、夢中で観ているうちに終わってしまった。

「バイバーイ！」と元気に手を振るキャンディのメンバーたちに手を振っていると、「やだあ！　もっと観たい！」という大声が隣から聞こえた。

母が座っていた席には、いつの間にか私と同い年くらいの女の子が座っていた。

「次のグループを観ないなら、もう立って行きましょう」

「そうだよ、みんな次のグループを観るんだよ」

その子の両親がしきりにうしろから話しかけて宥めているけど、女の子はのけ反って怒っている。

「イヤだ！　キャンディをもっと観る！」

私は少しの間、その女の子が動くと激しく揺れる星形のペンダントを見ていたけれど、母と睦月がトイレに行ったまま帰ってきていないんだと思い出した。

急に不安になって、うしろを振り向くと、数々の同じ顔が一斉にこちらを見ていることに気がついた。

「えっ――!?」

背中に冷たいものが走った。

今まで、人の顔なんてきちんと見たことがなかったかもしれない。

顔なんて誰も似たようなものだと思っていて、話す声を聞いていた。それで誰かわかることが多くなっていた。

改めて顔を見ると、みんな同じ顔だったなんて――!

隣を見ると、オレンジ色のワンピースを着た女の子が騒いでいる。そのワンピースにはたくさんのヒマワリが描かれていて。

だけど、その子の顔も同じ。

うしろにいる、その子の両親も同じ――!!

目が覚めてしばらくの間、何が現実だか私にはわからなかった。

今、私は目覚まし時計が鳴る前に目が覚めたんだ、ということに気づくまでにしばらく時間が掛かった。

夢だったのだと思うけど、現実にあった小一の夏休みの記憶だった。

私も会っていたんだ、ヒマワリ柄のオレンジ色のワンピースを着た女の子と。

「そうだ、あの時の写真があったはず……」

　一階に下りると、まだキッチンには母の姿もなかった。

　薄暗く物音のしないリビングはいつもより広く感じる。隅にあるパソコンの前に座り、デスクトップ画面の端にある家族アルバムのファイルを開いた。

　父がマメに撮ってまとめている写真は、ファイル内に年ごとに分けられていた。

　私は九年前の夏のファイルをクリックした。

　あの日、早朝から一番に並んでくれた父は、イベントが始まる少し前に来た私たちが最前列の席に座った姿を写真に収めて帰って行った。

「あった」

　その日は二枚だけ撮った写真が残っていた。一枚は母と睦月と三人だけで大きく写ったもの。もう一枚は少し引いた写真で、私たち三人のうしろに人がいるのが見える。

　母と睦月と私が満面の笑みでピースサインをしているそのうしろに、大きな黄色いヒマワリ柄がちりばめられた、オレンジ色のワンピースを着た女の子が写り込んでいた。

「やっぱり、あの子のワンピースと同じだ」

　私はその写真を自分のスマホに送った。

　奏町のイベントに来ていたこの女の子は、海斗が公園で遊んだ子の年頃とも一致するし、神部駅の遺体の推定年齢とも一致する。

あの子は九年前の夏に確かにあのワンピース姿でいたのに、どうして三年前の冬に遺体となって神部駅にいたのだろうか……。


家を出て駅へ向かって歩いていても、あの日のことが頭から離れなかった。

あの頃が一番辛かった。

急にみんながみんな同じ顔をしている、と見えてしまって、今までなんとなく覚えていた人の特徴も飛んでしまうほど怖くなった。

それからは、家族も仲良しだったリオちゃんも同じ顔に見えるだけで、夏休みが終わる頃までは、暫(しばら)く誰のことも区別がつかなくなってパニックに陥ることもあった。

駅の立て看板まで来ると、私はスマホに入れた写真を見た。あの子の所持品の写真と見比べると、やはりスマホの中の写真の子が着ているワンピースは同じものだと思えた。

神部駅の改札付近は多くの人で混み合っていた。

あっ、ヤバイ。

私の視界に同じ顔の人ばかりで溢れていき、それが恐怖に変わっていくのを感じた。

小一でパニックを起こして以来、何度かこういう経験はしていた。

心臓が異常なほど速く鼓動を打ち始め、全身を冷や汗が流れ、目の前が霞(かす)んでいく。

早くこの場から離れなきゃ——！

「葉月？」

ふいに背後から腕をつかまれ、聞き覚えのある低音の声が私の耳元に響いた。

ふり向くと、目の前にはやはり同じ顔があってゾッとした。

「イヤ！」

小さく叫んで勢いよくその手をふり払った。

「ごめん、俺、俺。長谷川海斗！」

私は名乗られるとハッとして、彼の姿を確認した。

青いフレームのメガネ、見覚えのある髪型と背筋を伸ばした姿勢のシルエットのこの人が海斗だとわかると、一気に背中の力が抜けていくのがわかった。

「貧血？　大丈夫か？」

心配そうな声で身体を支えられ、私は倒れそうだったんだと気づく。

「ホームのベンチまでは遠いな。ちょっと、端に寄ろうか」

海斗に肩を支えられながら、邪魔にならない場所へ行って壁に寄りかかった。

「なんで、ここにいるの？」

私は自分の状態を説明することより、そっちが気になってしまった。

海斗の家は城光学院駅にあり、待ち合わせだって城光学院駅のはずだ。

「葉月のピンチを察したのかな。ハハッ」

海斗は髪をかき上げながら、いつもの調子の良さを出して笑った。

一瞬、本気にしそうなタイミングだ。この人は本当に私と繋がるセンサーでも持っているんじゃないかと思いそうになる。

「えっと、放課後一緒に奏町に行くんだろ？　だからさ、もう一度あの女の子の写真を見ておきたかったっつうか……」

海斗にしては歯切れが悪くたどたどしい言い方だ。

「そうなの？　それだけ？」

「……っていうのは口実で、単に葉月と一緒にいたいから待っていたんだ」

明らかに照れた口調で、海斗は頭を掻きながらそっぽを向いた。

「ストレートだね、長谷川君って」

「ハハッ。おまえだってそうじゃん。ほら、俺たち似てるだろ？」

私は似ていると思ったことなんてないけど、そういう言い方をされるとそんな気がしてしまう。

「長谷川マジックだ」

「なんだよ、それ。俺はさ、後悔したくないだけなんだ」

告白の返事を意識した言葉だろうか。私は考えたくなくて気まずくなった。

「ハハッ、なんてな」

海斗が私の頭をクシャクシャッとして笑った。本当に彼は私の気持ちを敏感に察知する。

「まだ顔色良くないな。学校行けるか？　無理そうなら家まで送るよ」

「大丈夫。放課後、あの子の住んでいたところに行きたいから」

話しているうちに目眩も動悸も治まったから、私は海斗を促して改札へ向かった。

「無理すんなよ。別に明日でも明後日でもいいだろ？」

「私、思い出したの」

ホームに向かう下りのエスカレーターに乗ると、私はスマホを出してあの日の写真を海斗に差し出した。

「おっ、小さい頃の葉月だ。かわいいじゃん、面影あるな」

海斗がテンション高く嬉しそうな声を出すから、ちょっと恥ずかしくなった。

「じゃなくて、この子！」

私は小さな睦月のうしろに立っている女の子を指差した。ワンピースは上半身までしか見えないけど、レースの付いた襟とヒマワリの柄がハッキリと見える。

「あっ！　この服にこの顔、あの子だ。思い出した、間違いない！」

顔？　そうか、普通は顔でわかるんだ。

当たり前のことだと頭でわかっても、私の心はどうしても理解ができないみたいだ。

今日はやっぱり調子が良くない。私には顔がわからないんだと思うと、まるで自分が出来損ないのロボットのように感じてしまう。

「気を付けろよ」

先にエスカレーターを下りた海斗が私に手を差し出した。心に集中しすぎて足元を見ていなかった、と気づく。

「ありがとう」

私はつまずきそうになりながら、彼の手をつかんで転ばずに済んだ。

「これ、いつの写真？」

「例のキャンディのイベントの日。あの時、この子も来ていたんだって思い出したの」

下り電車のホームは空いていた。神部駅は人が多いから、ここに住んでいる限りは通学も通勤もこちら側しか使えそうにない、といつも思ってしまう。

「まだ顔色悪いけど、ベンチに座る？」

「平気。電車では座れるから」

「そうか——？」

心配そうな海斗の声を聞いて、私はまだ何も説明していないことに気づいた。

「今朝、あの日の夢を見て思い出したの」

私はスマホの写真を海斗に見せながら、いつも電車に乗る場所で立ち止まった。

「イベント会場にあの子がいたことも、私には人の顔がみんな同じに見えるってことも。そしたら、今日は人の顔にばっかり目がいっちゃって、同じ顔がいっぱいだって感覚になっているの。精神的に調子が良くないんだ」

「そうなんだ……」

海斗がなにか言おうとした時、轟音と共に電車がホームに滑り込んできた。

多くの人が降りて行くのを見送ると、私は海斗に続いて電車に乗り込んだ。

「本当だ、ガラガラだな」

「神部でみんな降りて、そのあとは空くの」

私たちは七人掛けシートの端っこに腰を下ろすと、少しの間、沈黙が流れていった。空いている車内も、なにも言葉がない海斗との空間も、私には少しずつ心が安定していく過程のような気がしてホッとした。

「その、パニックってヤツ？　葉月は小一の頃に起こしたって言ったじゃん？」

私の心を感じたのか、海斗がいつもよりトーンを抑えた静かな口調で切り出した。

「みんな同じ顔に見えたから、すごく怖くなってパニック状態になったの」

「それからずっと、友達を作らずに心閉ざしてきたの？」

「ううん。二学期が始まる頃には立ち直れたから、その後は人違いは激しかったけど、どうにか友達の輪には入っていたよ」

「そっか」

海斗が前を向いたまま、呟くような声でうなずいた。

「顔の違いがわからないって気づいてから、葉月はどうやって人を覚えてきたの？」

「たぶん、人の特徴を探して——」

少しだけあの頃の感覚が戻って来ている今、私はパニック状態から落ち着きを取り戻したあとの恐怖を思い出していた。

「そう、お父さんと動物園に行ったの」


パニックが治まって表面的に落ち着きを取り戻しても、しばらくは人の顔を覚えられないという現実を突きつけられて、どうしたらいいのかわからなくなっていた。

残りの小一の夏休み、私はずっと二学期が始まることが怖かった。

もうすぐ夏休みが終わりそうな八月の土曜日だった。

「葉月、動物園に行かないか？」

ダイニングテーブルで夏休みの宿題の漢字の書き取りをしていると、父が横に立って声をかけてきた。

「外に出たくない」

私はノートから目を離すことなく、そっけなく言った。

家の中にいると、家族のことは見分けられた。

顔が同じに見えても、父と母と睦月では、背恰好（せかっこう）や年や性別など、まちがう要素がなかったのだ。家の中で家族とだけ過ごしていれば、誰が誰かわかるから、声だって聞き分けられた。

人の見分けがつけば、顔が同じに見えるということにフォーカスしなくて済む。

なのに、外へ出て人がたくさんいると、たちまち家族さえも人混みに呑（の）まれてしまい、容姿も声も確かに自分の家族だという自信がなくなってしまうのだ。

少しずつ近所を散歩して外に出ることに慣れようとしていても、人に恐怖を持たないよう、誰の顔も見ないようにするのが精一杯だった。

人のたくさん集まる土曜日の動物園なんて、絶対に行きたくない場所だ。

「車でサッと行って、人なんか見ないで動物だけ見ればいいよ」

怯（ひる）まずに父が誘ってきた。

「そうだ、この前はぬいぐるみを欲しがったよな。今回はなんでも買ってやるぞ」

いつも家族で出掛けるとお土産を一つだけ買ってくれるけど、両親の中で金額設定があるのか大きなものは買ってもらえない。

「──おっきなぬいぐるみでもいいの？」

「いいよ、特大サイズだって買ってやるよ」

結局、私はぬいぐるみに釣られて動物園に行った。

母は睦月と出かけていたから、私は普段は座れない車の助手席に乗り込んだ。

「葉月は二学期から学校に行きたくないってお母さんに言ったんだってな」

「……学校に行けって話？」

「そうじゃないよ。やっと落ち着いたんだ。無理して学校に行ってパニックになって葉月が辛くなったら大変だ。お父さんだって、そんな葉月を見るのは辛いからね」

父はまっすぐ前を向いて運転しながら、優しい口調で話した。

「お父さんは葉月のことを知りたいんだ。どうして、学校に行きたくないのかな」

「……だって、怖いんだもん」

「そうか。なにが怖いのかな？」

「学校には人がいっぱいいるから。クラスの子がみんな同じ顔だったら、誰が誰かわからない」

一学期にはクラスの子を全員覚えたわけではなかった。班や係が同じで話す機会がある子のほかは、クラスの中でも目立つ子だけ少しずつ覚えたという状態だった。

みんな同じ顔に見える今は、覚えたはずの子だって見分けがつく自信がなかった。

「よし！　今日は人間のことは全部忘れて、動物の世界を楽しもう」

　動物園は久しぶりだったけど、私は前までのように色んな動物にワクワクした気持ちで見ることができなかった。

「葉月、おサルさんを見に行こう」

　サル山の周りにはたくさんの親子連れがいた。父は尻込み（しりごみ）した私の横に立ち、視界から人を消してくれた。

「このおサルさんの世界を見てごらん。ここにはボスザルってヤツがいるんだ」

「ボスザル？」

「そうだ。この中のリーダーだよ。どのサルがボスか、しばらく見ているとわかってくる」

　サル山にはタイヤで作ったブランコや、ぶら下がって遊べるつり輪やうんていなど、公園にあるような遊具も色々と置いてあって楽しそうな仕組みになっていた。

　私はしばらくサルたちの様子を見ていた。

　時々、場所やエサの取り合いで喧嘩（けんか）するサルたちがいた。サルたちがキーキー騒いで揉（も）めていると、その度に一匹のサルが威嚇するように大きな声をあげて近くを通りすぎ、山頂へ登って行く。

　サルはみんな同じような顔に見えて、どれがどのサルかなんてわからない。

それでも、喧嘩が始まる度に、まるで鎮めるために威嚇して通りすぎるサルはきっと同じサルだろうと思えた。

「お父さん、あれがボスだと思う！　ケンカが始まると怒るの。そしたらね、喧嘩していたおサルさんたちはやめるんだよ」

正確な答えはわからないけど、あの中にボスザルがいるとしたら、絶対にあのサルだと私は思っていた。

サル山を見ているうちに、それぞれのサルの個性が見えてきた。夢中になって遊具で遊んでいる子、好きな子のうしろをずっとついていく子、すぐに喧嘩する子、誰もいない場所でのんびりしている子、常に周りの様子を見ている子。

「お父さん、おサルさんも人間みたいだね。色んな性格のおサルさんがいて面白い！」

「そうだね、お父さんもそう思っていたところだ」

父が楽しそうな声でうなずいた。そして、しゃがみ込んで私の顔をのぞき込むようにこちらへ顔を向けた。

「葉月は見ていて、おサルさん達の顔は区別できたかい？」

「わかんないよ。一匹だけ見ていると性格はわかるけど、移動しちゃうと、もうどの子かわからないもん」

「うん、お父さんもそうだ。今、ここで見ていて思ったんだがね。もしも毎日見ていたら、覚えられそうだなって。いや、顔はわからないよ。お父さんには似たようなおサルさんにしか見えない。だけど、ボスは少し体が大きかったな、とか、またケンカしていたサルたちを怒っていたら、それがボスだとわかると思う」

「あたしもそう思う！　子ザル達も性格違うよね？　甘えん坊だったり、ヤンチャだったり」

「そうだね。毎日ここに通ったら、見ているうちにどの子ザルかわかると思う。たとえば、名前があれば区別もつくよね」

「うん、わかるかもしれない！」

私はキッズダンスグループのキャンディを思い出していた。キャンディを好きになったのも、それぞれの踊り方のクセや見せ方が違ったから、ただ喋（しゃべ）っている時より個性的で覚えられた。

顔なんてわからなかったけど、踊り方の特徴と名前で一人一人を見分けていた。

「なあ、葉月。学校も同じじゃないかな」

「――えっ？」

「クラスには色んな子がいるよね？　人数が多くて少し大変かもしれない。だけど、裸で似たような体形のおサルさんより覚える特徴は色々とある。人には言葉があるから、声や喋り方にだって特徴があるよね？　服や持ち物には好みも出る」

それを聞いて思い出した。リオちゃんは特徴のある間延びした喋り方をする。

みんなが可愛いと言うユウミちゃんは持ち物も服も可愛いものばかりで、元気なサラちゃんはいつもズボンでスカートを穿かない。

クラスで一番小柄なダイキ君は髪を切っても、その体形とカン高い声でわかった。

一番背の高いアイちゃんも、どんな服を着ていても見分けられることが多かった。

私は大丈夫かもしれないと思った。

その途端、視界がクリアになって、青空がとっても澄んでキレイに見えた。

「お父さん。あたし、学校に行けると思う」

言い終わらないうちに、父に抱き上げられて肩車をされた。

小さかった私は肩車が嬉しくてキャッキャと笑っていたけど、父は泣いているように見えた。泣き顔を見られないようにしていたんだと、高校生になった今ではわかる。

「もしもあの時サル山を見ていなかったら、もしかしたら不登校になって、二度と学校へ行けなくなっていたのかもしれないって思う」

「――すげえな」

前を向いたまま、海斗が低い声で呟くように言った。

「ねっ、親って偉大だよね」

「もちろん、親父さんもだけど。葉月はもっとすげえ。そのあと、恐怖に打ち勝って時間を掛けてクラスメートを覚えたんだろ？」

海斗がゆっくり私の方へ顔を向けた。その言い方には、感心と言うより尊敬すら感じられて、なんだか居心地が悪くなった。

「そんな大げさなことじゃないよ」

心のモヤモヤを吐き出すように、いつもより低い声が出た。

「単純にね、ワクワクしたの。クラスにどんな子がいるんだろうって。それまで、あまり人を覚えられなかったのもあるのかな。自分のことで精一杯だったのかもしれないけど、それまでは周りの子に興味を持てなかったんだよね」

「へーえ、ポジティブだな。やっぱすげえよ」

ポジティブ？　そう言われると、そうかもしれない。

「子どもだったからだよね。高学年になるにつれて、苦しくなることがたくさんあったな……」

「それで――っと」

海斗がなにか言おうとした時、城光学院駅に着いた。

「乗り過ごすところだった」

電車から降りながら海斗が自然に私の頭に手を乗せると、周囲から歓声のようなざわつきを感じた。

振り向くと、「葉月ちゃん、おはよう」「仲良しだね」なんて声が飛んできた。

最近はそれほど注目されてないと思っていたけど、混んでいる駅のホームでは目立つのだろうか。

クラスメートなのか違うのか、私はこっちを見ている女子たちを見て曖昧に笑いながら手を振った。

「おまえ、クラスの女子に声かけられるようになったよな。小松のおかげか？」

エスカレーターに乗る人たちを避けるように、海斗に促されて階段を上がった。

「たぶん、そうじゃないかな」

美沙の名前が出て、私は彼女が家に来たことを思い出した。

「そうだ、昨日は言い忘れていたけど、美沙が気にしていたの。奏町で会ったお母さんのこと……」

「ああ、俺が警備員に引き渡しちまった」

「そう。あんな場面を見られて恥ずかしかったんだと思う。誰にも言わないでって」

「ハハッ、わざわざ口止めかよ。絶対に言わねえって言っといて」

念を押して口止めするのは、きっとそれだけ美沙にとっては誰にも知られたくないことだからだろう。

# 15　小松美沙

「美沙って、昔、奏町に住んでいなかった？」

放課後、いつもより早めにホームルームが終わると、私はすぐに美沙の席に行って話しかけた。

スクールバッグを机の上に置いて帰り支度をしながら、美沙が私を見上げた。

「……住んでないけど。なんで？」

「神部駅の遺体の子の着ていたワンピースあるじゃない？　長谷川君が小さい頃に、あのワンピースを着た子と一緒に遊んでいたことがあるって言っていたの。当時、長谷川君は奏町の近くに住んでいたって言っていたから」

「フフッ、私は関係ないじゃない」

美沙は笑っているけど、昨日の帰り際、死んだ私だと言っていたことは確かだ。

私は無言で美沙を見ていたけど、美沙は顔を背けて帰り支度を続けた。

「今日、その女の子が住んでいたってところに行くんだけど、美沙も一緒に行かない？」

「なんで私が。デートの邪魔する気もないよ」

美沙が鼻に掛かる声でフフッと笑った。

「邪魔じゃないよ。デートでもない。美沙は昨日の別れ際にあの子のことを〝死んだ私〟って言ったじゃない」

私はそのことを知りたくて食い下がったけど、美沙はまたフフッと笑って首を横にふった。

「そんなこと言った？　葉月に花束もらって嬉しくて、おかしなこと口走っちゃったのかな。そう、あの花すごく嬉しかった。ありがとね」

美沙は動揺することもなく、いつもの明るい口調で立ち上がった。

「あっ、長谷川君が迎えに来たよ。じゃあね」

私の肩を叩いて教室の扉の方を指差すと、美沙は海斗に声をかけて廊下へ出て行った。

私もカバンを持って廊下に出ると、海斗が美沙のうしろ姿を顎で指した。

「昨日のこと、気にしていないみたいだな」

「そうかな……。今日も誘ってみたんだけど断られたの」

「へっ？　誘ったって、小松を？」

驚いた声を出して、海斗が私を見下ろした。

そうだ、海斗はあの遺体の見つかったベンチに美沙が花を供えたことも、『死んだ私だ』と発言したことも知らない。余計なことを言ってしまったけど、説明するのも違うと思い、私は笑って誤魔化した。

「なんか、興味ありそうだったから」

「ふうん……」

海斗が意味深にため息を吐くと、そのまま早足で廊下を歩いて行く。

機嫌を悪くさせたのだろうか？　海斗は良くも悪くも感情表現がストレートだから、気持ちが下がるとすぐに態度でわかる。

なんとなく気まずいまま昇降口で靴を履き替えていると、海斗は私を待たずに自転車を取りに行ってしまった。

駐輪場の手前で待っていると、自転車を押しながら出てきた海斗がぶっきらぼうに言った。

「今日、本当は気乗りしてない？」

「なんで？　調子良くなくても、あの子のこと知りたいから休まずに来たのに」

「――じゃなくて。俺と二人でっていうのがさ」

「それが嫌だったら、そもそも昨日、誘われても一緒に勉強なんてしなかったよ」

返事をして気づいた。私が美沙を誘ったのは、海斗と二人で出かけるのを避けるためだと思われたのだろう。

「そっか、そうだよな。葉月って回りくどいことはしないもんな」

急に嬉しそうな声を出して、海斗が片手で髪をかき上げながら小さく息を吐いて笑ったのがわかった。

「昨日も誘って、今朝も神部駅まで迎えに行ったからさ。ちょっとやりすぎて引かれたかと思った。ハハッ」

そんな言葉の端々から彼の気持ちが零れるように伝わるから、告白されたんだと思い出させられる。

今は少し忘れていたいのに。

「じゃ、行くか」

海斗はすっかりご機嫌になって、片手で自転車のハンドルを操りながら軽やかに歩き出した。

「今ね、私はなにも考えずに行動しちゃっているから。悪いけど、あまり期待はしないでほしいの」

「わかってるって」

本当に？　って聞きたくなるほど、海斗はさっきとは違って明るい声になった。

これって思わせぶりな行動なんだろうか。私はあの子のことを知りたいあまり、海斗を利用しているようにさえ思えてくる。

奏町駅に着くと、急に海斗が私を気にし出した。

「──着いたけど、大丈夫か？」

改札に向かうエスカレーターに乗ると、心配そうな口調で聞かれた。

「大丈夫だよ。今朝は調子悪かったけど、もう平気」

今朝は夢見が悪くて人の顔にフォーカスしてしまったから、海斗は気にしてくれているのだろう。その優しさが嬉しいような気まずいような、複雑な感覚だった。

こういう時、普通はどんな感情を持つのだろうか。最近は慣れない感覚に戸惑うことが増えて、友達という存在が私に色んな感情を与えてくれるんだと実感していた。

「十分くらいは歩くけど、大丈夫そう？」

具合が悪そうに見えるのだろうか。それとも、単に海斗が心配性なのか。今日は随分と気にしてくれている。

「うん、本当に平気だから。そんなに気にしないで」

精一杯元気な声を出したつもりだけど、海斗は小さく息を吐いて首を横にふった。

「──今朝さ、すげえ真っ青な顔で『イヤ』って叫んで俺の手を振り払ったじゃん」

「ごめん、別に長谷川君が嫌だったわけじゃないよ」

「それは、わかってるよ。あの時、葉月の恐怖ってヤツが伝わって来たんだ。今まで、顔の区別がつかなかったとしても、怖がられたことはなかったから」

たしかに今までは海斗に対して恐怖を感じたことなんてなかった。普段の海斗は名乗ってくれるから、声をかけられた時から彼だとわかることが多い。

大通りのガードレールがある歩道を並んで歩いていると、少し上り坂になったタイミングで海斗が私の手をつかんだ。思わず海斗を見上げたけど、彼の方はこちらに顔を向けることなく無言で手を繋いでいる。

「普段は顔に注目しないようにしているんだけどね、今朝はみんな同じ顔に見えるって感覚が強かったの。キャンディのイベントがあった日に恐怖でパニックになって以来、似たような感覚になることがある。滅多にないんだけどね」

「今は大丈夫なら、朝の状態からどうやって復活できたの？」

「動物園のサル山を見て、人の区別がつくような気がしたって話したでしょ？ 実際に小学校に行って人を観察して、私なりにだけど見分けられる気がしたんだよね。多分、それを思い出したからかな」

だとしたら、海斗が迎えに来てくれて、動物園へ行った話をできたからかもしれない。小一の頃に前向きになれた自分を思い出せなかったら、まだ恐怖の中にいた可能性もある。

最近は心を閉ざすことばかり考えていたから、立ち直った時の気持ちなんてすっかり忘れていた。

少しの沈黙のあと、海斗が「すげえな」と呟いた。

「頑張って来たんだな、葉月」

その声がやけに明るくて、声は出していないけど笑っているような気がした。

「同じ小学校だったら良かったな。その頃の葉月と友達になりたかった。俺も耳が聞こえにくくて、なんで自分だけって思った時期があったからさ。パニックまで起こした葉月が前向きでいる姿なんて見ていたら、もっと強くいられたかもしれねえな」

「長谷川君は充分強いと思うけど」

「今はそうだな。ハハッ。自分の状態が理解できているからな。昔は聞き取れていないって自覚がなかったから。面倒なこともあったんだ」

それを聞いて、海斗も悩んだことがあるんだと、親近感が湧いた。

「この公園なんだ」

ふいに海斗が立ち止まり、小さな公園の入口を指差した。それから私の方へ顔を向けると、繋いでいた手を引いて公園の中に入った。

「ここで、小さい頃よく遊んだんだ、あの子と」

海斗は笑った口調でその公園をぐるりと見回した。ブランコが二つ、砂場、ウサギやリスのスプリング遊具、ジャングルジムと滑り台とコンクリートの山が一体化しているような総合遊具がある、ごく普通の児童公園だった。

「この山の滑り台、めっちゃ急でさ。高学年の子でやっと滑れるような、そんなところなんだ。けど、あの子はガンガン滑っていてカッコ良かったんだ」

子どもにはかなり高いこの山は、急斜面のコンクリート部分が滑り台になっていた。ちょうど幼稚園くらいの子達が母親の膝に乗って一緒に滑っていたけど、その若い母親も悲鳴をあげていた。

「ブランコもあの子より高く漕げる子はいなかったな。俺ら男子はあの子を超えようって目標にしていたんだ」

海斗は思い出しながら声を出して笑っていた。海斗が何か話す度に、あの子が元気に遊び回っている様子を思い浮かべることができた。

「あそこ、あの子が当時住んでいた家だ」

海斗が指差したのは、赤茶色の屋根、黄色いレンガのような素焼きタイルが張り詰められた外壁、白い出窓に白い扉の可愛らしい家だった。

「もうここには住んでいないけど、チャイム鳴らしてみる？」

「うん。前に住んでいた人の情報なんて知っているかはわからないけど……」

黒いアイアンの小さなゲートの前に並んで立つと、繋がれていた手が自然に離れた。

チャイムを鳴らしても、なんて言えばいいんだろう？

私が躊躇（ちゅうちょ）している横で、海斗はカメラ付きインターホンのボタンを押した。

「はーい」

すぐに高めの女性の声が応答した。

「突然すみません、九年前にここに住んでいた女の子と遊んだことがある者ですが」

「九年前？　うちはその頃は住んでないけど……。ちょっと、待ってね」

インターホンが切れると、間もなく玄関ドアが開いて、赤ちゃんを抱っこした細身の女の人が出てきた。

「その女の子に会いに来たの？」

「そうっすね。その子を探しているんです」

「そう。残念だけど、今はここにはいないわ。多分、前に住んでいたご家族だと思うから、私は知らないけど――」

それはそうだろう、と思ってはいたけど少しガッカリした。

「そう……ですよね。ありがとうございます」

私が頭を下げると、その女の人が「でもね」と続けた。

「ご近所では有名なご家族だったみたいなの。だから、ご近所を当たってみたら、引っ越し先をご存じの方もいるかもしれないわよ」

私は思わず海斗を見ると、海斗も私に顔を向けていた。その表情はわからないけど、気持ちは私と同じだろうと思えた。

「ありがとうございます！」

私はもう一度頭を下げた。

「有名って、どういうご家族だったんですか？」

海斗の問いに、女の人は身体を揺らしてぐずぐず言い出した赤ちゃんをあやしながら、話すかどうか躊躇しているようだった。

「……私は知らないご家族だから内情はわからないけど。どうやら、お子さんに恵まれなかったご夫婦で、そのお嬢さんは養子だったみたいなの。ここにずっと住んでいたご夫婦だから、お嬢さんを引き取られた時にご近所にご挨拶に回ったみたい」

養子――？

私は美沙が今は母親と一緒に暮らしていないと言っていたことを思い出した。今は家族がいる、と言っていたことも。

養子に出されたから、ということなら納得できる。

「お隣の田中さんは奥さんの悩みを聞いてあげていたらしいわよ。お友達、見つかるといいわね」

最後に二人で頭を下げると玄関ドアが閉められた。

隣には少し古い日本家屋という印象の、木製の引き戸がある大きな門が見えた。田中という表札を確認すると海斗がチャイムを押した。

「はい」

低音の女性の声が応答した。

「突然すみません。九年前に隣に住んでいた、当時小学一年生だった女の子について聞きたいんですが」

「――少々、お待ちくださいね」

少しの間、門の前で待っていると、玄関が開く音がして、間もなく目の前の門が開いた。

「どちら様でしょう?」

現れたのは光沢のある黒のワンピースと大柄なパールのネックレスという、これから外出するような装いの年配女性だった。

制服姿の私たちを見て「城光学院の生徒さん?」と呟くように言った。

「はい、城光学院一年の長谷川です」

「香山です」

とりあえず名前を言った。初対面の人には、地元で有名な進学校はある程度の信用になるのかもしれない。

「あら、そうなの。うちの息子もね、城光に通っていたのよ。制服は今とは違って学生服だったんですけどね」

嬉しそうな声を出すと、その年配婦人の田中さんは私たちを門の中へ招き入れた。

「よかったら、おあがりになって」

玄関扉を開けて家の中へ促された。私は躊躇して、海斗の腕を引いた。

「あの、お出かけするところだったんじゃないですか？」

「いいえ、さっき帰宅したばかりなの。遠慮しないで、どうぞ。お隣に住んでいたミサちゃんのことを聞きたいんでしょう？」

その名前に、私の胸がドキンと高鳴った。そのまま靴を脱いで玄関に入ると、内装も純和式な造りで井草の香りが鼻をかすめた。

玄関からすぐ近くにある和室に通されると、重厚な木彫り模様の入ったテーブルの前の分厚い座布団の上に促され、思わず正座をしてしまう。それを見た海斗がフッと鼻で笑ったのがわかり、彼は胡坐をかいていた。

「どうぞ、足は崩してね」

田中さんは備え付けで置いてあるのか用意された急須にお茶っ葉を入れてポットのお湯を注いだ。

「あの、私たち、お隣に住んでいた女の子を探しているんです」

「名前も知らなかった子だけど、昔、よく遊んでいたんです。今になって会いたくなって来てみたら、もう引っ越していていなかったんです」

「まあ、そうなの。どうぞ、召し上がってね」

蓋をした湯飲み茶碗を木製の受け皿に載せて差し出すと、田中さんが小さく息を吐いた。

「もうお引っ越しして九年も経つのねえ。お隣のミサちゃんはね、すごく頭がいい子だったの。だからなんでしょうね、色んなことに頭が回る子で、お母さんを困らせるのも得意だったの。お母さんがよく泣いていたわ。幼稚園の時にイジメられたと嘘をついて、相手の親に苦情の電話を入れたら、実はイジメていたのは自分の娘の方だったって。その後は平謝りしてお詫びしたらしいけれどね。当時は、そんなことが続いていたって言っていたわ」

「養子だった、と聞いたことがあります」

海斗は淡々とした口調で言うと、少し濃いめの煎茶をすすった。

「ええ、四歳の時にお隣の家に来たのよ。はじめは不安そうな目で、おどおどした印象の子だったのだけどね。あの家が安全だとわかったら、今度は愛情を確かめようとしていたのね、きっと。あの手この手でご両親を困らせていたわ」

そう言いながら、思い出したのか田中さんは小さく笑い声をあげた。

「あの子、よくここを逃げ場にしていたのよ。私は年の功もあってね、あの子の嘘なんてすぐ見抜いて、気にも留めなかったのよね。そしたら、ミサちゃんも素直になって懐いてくれたの。親の愛情の代わりになんてならないけれどね」

「彼女が納得できる愛情ってヤツは、親からはもらえたんですか？」

「……当時、ご両親は疲れ切っていたわね。ミサちゃんはご両親を試しているだけで、本当は素直ないい子だったのよ。この家では甘え上手な子だった。勿論、近所のおばさんだから、そういう役回りだったんだと思うけれど。でもね、ご両親ももう少し余裕をもって見ることができれば……といっても、初めての子育てですものね。仕方がないのだけど」

田中さんは大きなため息を吐くと、真っすぐ顔を上げてこちらへ向けた。

「ミサちゃんが小学校に上がる頃に、実の親に返したいって言い出したのよね、お母さんの方が。それを知ってか知らずか、同じ頃からミサちゃんも実のお母さんに会いたいって言葉を漏らすようになったの。たぶん、育ての親には愛されていないって思っていたのよね……」

「そう、だったんですか？」

私は心の奥に憤りを感じていた。自分たちに子どもが授からなかったから、養子を迎えたはずなのに。思い通りの子じゃなかったら返したくなるのだろうか――？

「そんなことはないと思うわ。精一杯、可愛がっていたと思う。実の親を恋しがっている話をしたら、お母さんは泣いていたもの。あの子は虐待されていたから、うちに来て幸せなはずなのにどうして？って――」

虐待――？　その子は実母には虐待されていたのだろうか……？

同時に、あの奏町のショッピングモールで怒鳴っていた美沙のお母さんを連想してしまう。

「親御さんが頑張れば頑張るほど、ミサちゃんは試そうとするのよね、きっと。私が最後に話した時には、お母さんが言っていたの。ミサに『お父さんに身体を触られた』って言われて、思わず本気にしそうになったって。小一の子がそんな嘘を言うなんて有り得ないって思ったって。だけど、冷静に考えたらお父さんがそんなことするはずがないし、ミサちゃんも嘘だと認めて謝ったそうなの。だけど、それがお母さんには恐怖になったみたいでね。そんな嘘で気を引きたいために、同じ話を外で誰かにしたら、簡単に信じられて下手したら犯罪者にされてしまうって」

「最後って、それから連絡は取ってないんですか？」

「ええ、急に引っ越しちゃったのよ。本当に、突然ね。挨拶くらいできたでしょうに、しなかったということは、もしかしたら、ミサちゃんを実の親の許に返しちゃったのかしらね」

ショックだった。何がショックだったのか、自分でもすぐにはよくわからなかったけど、とにかく大きなショックに襲われていた。

「あの、その子でもご両親でも、今住んでいるところはご存じないですか？」

「残念だけど。何も告げずにいなくなってしまったからねぇ。詮索されたくなくていなくなったんだと思うわ」

田中さんが申し訳なさそうな声を出した。

私が落胆していると、海斗が私の肩を叩いて明るい声を出した。

「ありがとうございました。色々と話を聞けて、良かったです」

「ああ、でも、角の家の結城さんの若奥さんなら、もしかしたらご存じかもしれないわ。ミサちゃんと同じ幼稚園と小学校へ行っていたお子さんがいて、仲が良かったママ友だったようだから」

私は再び希望が見えたような気がして、パッと目の前が明るくなった。

別に本気でその子を探しているわけではないけれど、上手くいけばたどり着けるんじゃないかと思えていた。

「ありがとうございました。確認なんですけど、ミサちゃんって、この子ですか？」

私は自分のスマホに入れた、あのヒマワリ柄のオレンジのワンピースを着た女の子の写真を指差した。

「えっと、ちょっと待ってね」

田中さんはうしろの引き出しから老眼鏡を出すと、じっくりスマホ画面を見つめた。

「そうね、たしかにミサちゃんだわ。懐かしい。そう、ちょうどいなくなったのが夏の季節だったわね」

「それから、お隣に住んでいたのは『小松さん』ですか？」

「そう、小松さんね。ミサちゃん、見つかったら私にも知らせてほしいわ。隣に住んでいた田中のおばさんが会いたいと言っていると伝えて。覚えていないかしらねぇ」

寂しそうな声を出す田中さんに「見つかったら知らせます」と海斗が爽やかな声で言った。

「角の結城さんって、どっちの角だろうね」

私が道の先を見てキョロキョロ辺りを見回していると、海斗に軽く腕を引かれた。

「なあ、葉月は知っていたのか？　あの子が小松美沙ってこと。つうか、小松じゃん」

「――ううん、知らなかった。ただ、ミサって名前が出たから繫がったっていうか」

それから私たちは結城さんの家に行き、やはりミサちゃんが嘘を吐いたり友達に意地悪を言ったりするから問題児で、母親が育児に悩んでいたという話を聞いた。

結城さんも他のママ友も、ミサちゃんのことを「イヤな子」と思わず受け入れようと子どもたちに話しているうちに、ミサちゃんは友達の間で嘘や意地悪を言うことは激減したということだった。

今連絡を取っているか聞くと、突然いなくなってしまって、連絡先も変わってしまったということだった。それでも、最後にこう言われた。

「先生なら知っているんじゃないかしら。幼稚園の担任だったあやの先生はまだ『おひさま幼稚園』にいると思うわ。小学校の担任だった川田先生はもう転任されたけど、ご結婚されてこの辺りに住んでいるの」

私たちは結城さんに先生たちの居場所を教えてもらって、まずおひさま幼稚園に電話を入れてから向かった。

「ミサちゃんは少し大人びた子だったわ。頭の回転が速くてね」

あやの先生は穏やかで落ち着いたその話し方から、優しそうであり厳しそうでもある先生のように感じられた。

「入園当初はお友達に意地悪を言ったり、担任の私に嘘を言って惑わせたりする子だったの。私も当時はまだ二十代で若かったのね。はじめは彼女の言動に振り回されたけど、すぐに一歩引いて見ることにしたの。嘘を言っても取り合わなくなり、どうして嘘を言うのか、そっちの方が問題だと話を聞くようにしたの。そしたら、幼稚園では問題行動というものは激減していったわ」

幼稚園の先生と高校生二人、色画用紙で作られたかわいらしい動物たちの装飾がされた教室で向かい合って小さな子ども用のイスに座っている。冷静に見るとおかしな画かもしれないけど、幼稚園という場所は全てがミニチュアでかわいく見える。

あやの先生は細く息を吐くと、寂しそうな声を出した。

「だけど、親御さんはちょっと神経質になってしまっていてねぇ。四六時中ミサちゃんに付き合っていたら、振り回されても仕方がないんでしょうけど……。大騒ぎされて反応が大きいと、ミサちゃんも手ごたえを感じて繰り返してしまうのよね」

「クラスの中では、どんな子だったんですか？」

「大人っぽくて頭の回転が速いしっかりした子だったわね。次第にリーダーシップを発揮していったわ。嘘を吐いたり意地悪をしたりしなくなったら、友達からも慕われてね。お蔭でとっても仲がいい、まとまったクラスになったのよ」

そんな小さい頃のミサちゃんが美沙と重なる。美沙は難関校と呼ばれる城光学院に入れるくらい頭の良さがあり、他の子と比べても大人びている。ミサちゃんがそのまま高校生になったんじゃないかと想像できてしまう。

最後にあの子の写真を見せると、「そう、当時のミサちゃんね」と懐かしそうに言った声は涙声になっていた。

あやの先生も連絡先は知らなかった。卒園以来それきりだったから、小一の夏に越して行ったことも知らなかったという。

「なんだか複雑だな。親の見ていた顔はあの子の一面に過ぎねえってことに、親だけが気づけていなかったってことだ」

「うん。嘘つきで意地悪な方が嘘の顔だってことに、親は気づくことができなかったのかな。そこを突破していたら、あの子も素直になれたかもしれないよね」

そんな疑問を持ったまま、小学校の元担任の川田先生の住むマンションへ行った。

川田先生は声の大きな快活な男の先生だった。

「小松んとこの親は、嘘を吐くことは絶対にダメだって方針だった。嘘を許すことができなかったんだな。嘘だと認めさせて謝らせて、もう嘘は吐かないと約束させる。だけど、小松はまた嘘を吐く。その繰り返しだったんだよなあ」

玄関の中で話していると、よちよち歩きの女の子が寄って来て「パパァ」と川田先生の足に抱きついた。先生は自然にその子を抱きあげて話を続けた。

「親になった今なら少しはわかるんだ。ちゃんと育てたい、って想いがな。その『ちゃんと』『きちんと』『立派に』って類の言葉が親自身の心を縛り付けて、子どもを縛り付ける結果になる。そこに気づけない限り、『ちゃんとちゃんと星人』になっちまって子どもを苦しめ、自分自身が苦しむ親になっちまう」

川田先生の話に熱が入ってくると、なんだか授業を聞いている気分になってくる。

先生って職業の人は、普段から人に話す時は先生口調になるのだろうか。

「……ミサちゃんの両親は、ちゃんと育てることに縛られ続けていたってことっすか？」

「そう見えたな、先生には。っと、キミたちの先生じゃないか。悪いね、職業病だ。卒業生と話しているような感覚になっていた。ハハッ」

川田先生は笑いながら頭を掻いた。

「ハハハッ。俺たち高校生なんで、先生って職業の人には生徒みたいなもんですよ」

海斗が調子よく笑っている。

私は教師という職業の人だからって、自分が教わっている先生のようには思えない。学校の先生は自分が学ぶべきものを教えてくれるから先生だと思えるのだ。そうじゃない人は職業が教師だったとしても、私にとって先生ではない。

川田先生はあの子の話を教えてくれていい人だけど、だからといって私はこの人の生徒ではない。初めて一緒にお弁当を食べた時から海斗は寛大な人だと思っていたけど、本当に誰に対しても心が広いんだと感心してしまう。

「小松は学校では姉御肌で面倒見がいい、クラスのまとめ役だった。友達に囲まれて生き生きしていたんだ。だけど、家では問題行動をくり返していると親は言う。虚言癖がひどくなって、万引きまでするようになったと相談されたんだ。はじめは親の方が嘘をついているとしか思えなかったくらいだ」

「万引きなんて、していたんですか？　小一の子が？」

物を買ってもらえないというはずもない、そんな小さい子が万引きなんて発想があるのだろうか、と私は信じられなかった。

「していたよ。本人があっさり認めた。どうして万引きをしたのか、小松自身もよくわかっていなかった。物が欲しかったわけじゃないんだから、当然だと俺は思ったね。彼女が欲しかったのは親の愛情なんだ。親が自分を見てくれるなら、何でもしたんだよ。ちょっと褒められたり、物を買ってもらったり、遊びに連れて行ってもらうくらいじゃ足りなかったんだろう。本気で自分に向き合ってほしかったんだ。嘘を吐いたり、店から物を盗って来たり悪事がバレた時にだけ、小松の親は本気で叱って本気で悩んであいつに向き合ったってことだ」

「だけど、ミサちゃんが欲しかったのは愛情でしょう?」

「表面的には、彼女自身もそう思っていたかもしれないな。心の奥深くでは、どんな形でも真剣に向き合ってくれる親を求めていたんだろう。親とは歪んだ愛情で関係を作っちまったんだな」

頭ではわからないわけではなかった。だけど、叱られたり正されたりという形でしか親の愛情を感じられなかったという『ミサちゃん』を思うと、胸が締めつけられる。

「納得できないって顔しているな」

「——できません」

「それは、良かったじゃないか。キミが親に愛されている証拠だ」

川田先生が小さく笑い声を上げながら、腕に抱いている娘の頭を撫でた。

「キミが今できることは、小松を不憫に思うことじゃない。親に感謝することだ」

「……はい」

私が不貞腐れ気味に返事をすると、隣にいる海斗がプッと吹き出したのが聞こえた。

「葉月、あれ、見せようぜ。写真」

笑いを堪えながら海斗に言われ、私はスマホ画面にヒマワリのワンピースを着たミサちゃんの写真を出して川田先生に差し出した。

「小松ミサちゃんは、この子で間違いないですよね？」

「おう、そうだな。なんだ、この写真の小松はヤケにおしゃれしているじゃないか。いつもはパンツ姿だったぞ」

「夏休みに遊んだ子もそうだった？」

思わず、となりにいる海斗を見上げた。

「公園で遊ぶ時はズボンだった。最後に会った日はあのイベントの日だったんだな。このワンピースを着て、お母さんの手作りだと喜んでいたんだ。ずっと会いたかった人に会いに行くって言っていたけど、キャンディのことだったんだな」

懐かしそうな口調で海斗が言った。それから、ふと気づいたようにこちらへ顔を向けた。

「あれって、小松だったってことか？」

「──なのかな？　美沙は奏町に住んでいたことはないって言っていたけど……」

「じゃ、別人ってことか」

奏町に住んだことがないというのが嘘ではないだろうか？

私にはたまたま同姓同名の他人だとはどうしても思えなかった。

「先生は今、彼女がどこにいるか知っていますか？」

海斗が声をかけると、スマホの写真に懐かしそうに見入っていた先生が顔を上げた。

「今はわからないな。夏休みに急に転校していったが、転校先はそんなに遠い所じゃなかったと思うぞ。どこだったかな？　ちょっと思い出せないが……」

首をかしげて川田先生が少し考えていた。

「奏町の近辺ってことっすか？」

「いや、近所ではなかったな。この沿線近郊ってイメージだったな。どこだったか」

川田先生は頭をバリバリかきむしって首を横にふった。

「八牧（やまき）の辺りじゃないですか？」

思わず、同じ沿線にある美沙の最寄り駅を出した。

「あっ、そうだ。八牧北小だ」

川田先生はスッキリしたと言わんばかりにワハハッと笑った。

「色々とありがとうございました」

海斗は相変わらず明るい口調でそう言うと頭を下げた。

「小松に会えたら、川田先生にも連絡しろと伝えてくれよ。懐かしくなったら会ってみたくなるもんだな。夏休み中に急に引っ越しちまったから、引っ越しのこともお母さんに聞いただけで小松には会えなかったんだ」

「見つかったら伝えます」

私も頭を下げると、海斗と一緒に玄関から出た。

上空の雲が半分だけ茜色に滲んで見え、いつの間にか夕暮れ時になっていた。

並んで歩きながら、海斗が私の肩を軽く叩いた。

「八牧って、小松の最寄り駅なのか？」

「うん、そう」

「やっぱり、あの子が小松だったのかな」

「――明日にでも、美沙と話そうと思う」

「そうか。まあ、深入りしすぎるなよ」

海斗のその口調に心配を感じる。それがなぜか、無性に嬉しく思えた。

「長谷川君、今日はありがとね。あの子のことを知ることができて良かった」

そう言うと、海斗が頭を掻きながら照れたような笑い声をあげた。

奏町に住んでいた『小松ミサ』が美沙かどうかはわからない。それでも海斗が昔遊んだ子で、私のトラウマを作ったイベントで隣にいた女の子であることは確かだった。

わかっているのは、海斗と私は小一の時に同じ女の子と会っていたこと。その子は三年前に遺体として見つかった子が着ていた物と同じワンピースを着ていたこと。

遺体の子と同一人物かどうかはわからない。年齢を考えると違うとしか思えないけれど、遺体の子が『小松ミサ』じゃないなら、どうして一つしかない手作りのワンピースを着ていたのか説明がつかない。

どうしても私には、今日聞いたのはあの遺体の子の話だと思えてしまう。

私が小一の頃に会っていたヒマワリ柄のワンピースを着た女の子は、両親の愛情に恵まれなかったかもしれない。それでも近所の人や先生たちには理解されて可愛がられ、友達には慕われていてリーダー格の存在だった。

そんな話が聞けた今、私の心はとても穏やかで温かい気持ちに包まれていた。

あの遺体の女の子が生前にはきちんと名前があり、自分の世界で生き生きと生活していたと思えて嬉しかった。

# 16 同調

　次の日の放課後、私は城光学院駅前にあるファーストフードで美沙が来るのを待っていた。

　今日はタイミングが悪かったのか美沙と話すことができず、帰りもいつの間にか教室から消えていた。

　昨日、私はあの子が住んでいた奏町に行くと美沙に告げていた。だから避けられていたのかもしれない。

　それでも私はどうしても話をしたくて、学校から出るとすぐに美沙に電話をした。

　それも無視されるかと思っていたけれど、タイミングが良かったのか私の名前を確認しなかったのか応答した。

「会って話したいと言うと、暫しの沈黙のあとに「いいよ」と返ってきて、このファーストフードを指定されたのだ。

　私は温かいココアを頼んで、二階の窓側の席から城光学院の制服を着た女子たちが歩いている姿を見ていた。この中の誰かが美沙かもしれない、と思いながら。

「葉月」

背中から声をかけられ、振り向くと今日の美沙と同じ造花のついたゴムでゆるくひとつ結びをしている、城光学院の制服を着た女子が立っていた。ローズではなく、ラベンダーの香りがするのも今日の美沙と同じだ。

「ごめんね、美沙。呼び出して」

「電車に乗る前で良かったよ」

美沙は氷の入った冷たい飲み物をテーブルに置くと、私の前のイスに座った。

そして、私の飲んでいるココアを指差すとフフッと笑った。

「この暑いのに、温かいのを飲んでいるの？」

「クーラーが効きすぎて寒いから」

「ふうん。外から来ると全然涼しくないけどね」

美沙は水色の和紙でできた扇子を出してパタパタと扇ぎ始めた。

「昨日ね、長谷川君が昔一緒に遊んでいたっていう女の子の家に行って来たの。あの遺体の子と同じワンピースを着ていたっていう」

「そう」

その話だとわかっていたのか、どこかそっけない返事だった。

「……美沙は奏町に住んだことないって言っていたけど、本当に？」

「うん、住んだことないよ」

私の方へは顔を向けず、まっすぐ前を向いたままストローをプラスティックの蓋に差し込んだ。

「あっ、紙のストローだ。これでコーラ飲むとまずいんだよね」

美沙は鼻に掛かる声で愚痴のように小さく呟いた。

「……九年前にその家に住んでいた女の子の名前が『小松ミサ』って名前だったの。これ、美沙じゃない？」

私はスマホの写真を美沙の目の前に差し出した。

美沙はスマホ画面に触れて、写真を指で広げながら女の子の姿を見つめた。

「……本当だ、神部駅の遺体の子と同じワンピースみたいだね……」

澄ましていたその声が、どんどん涙声になっていく。

「──美沙？」

目の前でボロボロと涙を流して泣き出した美沙を見て、私は戸惑った。

「やっぱり、この子は美沙なんでしょう？」

「……ちがう」

「おとなりに住んでいた田中のおばさんも、友達のお母さんだっていう結城さんも、おひさま幼稚園のあやの先生も、小学校の担任だった川田先生も、美沙が急に引っ越ししてしまって寂しがっていたよ。また会いたいって」

あそこには『小松ミサ』を可愛がっていた人がたくさんいた。昨日話した四人のうしろには数多くの友達やその親や先生たちなど、同様に彼女を思っていた人たちがいたに違いない。

私はそれを美沙に伝えたくて、泣いている彼女に声をかけ続けた。

「養子だったって聞いちゃったの。引き取られた当初、美沙はご両親の気を引きたくて手を妬かせていたんでしょう？　それがご両親には」

「本当にちがうの」

私の言葉を遮り、美沙が泣きながらもきっぱりと否定した。

私は口を閉じて次に彼女の発する言葉に注目した。

美沙は手のひらで涙を押さえながら、スクールバッグからティッシュを出して頬と鼻を丁寧に拭いた。それから隣の人と近いこの席を気にするように、辺りを見回しながらゆっくり立ち上がった。

「ちょっと場所を移動してもいい？」

てっきり席を移動するのかと思ったけど、ファーストフードを出て連れて来られたのはカラオケボックスだった。個室でゆっくり話そうという意図だということはすぐにわかった。それだけ大切な話だと思うと、聞き出そうとしている自分が彼女のセンシティブな部分にまで踏み込もうとしているようで、自分自身に対する戸惑いと嫌悪が溢(あふ)れていく感覚に覆われた。

私がL字型ソファに座ると、美沙はテーブルを挟んで斜め前方に腰を下ろした。

曲を流さなくても賑(にぎ)やかな音楽がテレビ画面から流れていたけれど、美沙がテレビの電源を切ると室内が急に静かになった。

「さっきの写真、私の携帯に送ってもらってもいい？」

「いいけど……」

私はスマホを出して、あのヒマワリのワンピースを着た小一の小松ミサが写った写真を美沙のＬＩＮＥへ送った。

「これ、なんの写真？　前に写っているのが葉月とお母さんと妹ちゃんだよね？」

「うん、そう。小一の夏休みに奏町のショッピングモールでイベントがあったの覚えていない？　当時人気だったキッズダンスグループのキャンディってグループが来ていて」

「そうなんだ。当時はテレビとかあまり見ていなかったから、よく知らないんだ」

そう言いながら、美沙はしばらくスマホ画面を見つめていた。

「これ、妹の方なの」

「えっ？」

一瞬、頭の中が空っぽになった。予想外のことを言われた、ということだろうか。

「そっか、双子……」

いや、予想外というわけじゃないはずだった。その考えがなかったわけじゃない。だけど、名前が小松ミサだったから……。

つまり、どういうこと？　私の頭の中がどんどん混乱していく。

「そう、この子は私の双子の妹。養子に行った先の両親の気を引こうとして問題行動をくり返していたのも、奏町に住んでいたのも私ではなく、妹なの」

それを聞いて目の前の彼女が、神部駅で私のあげたピンクの花束を抱いて涙を流した美沙の姿と重なった。双子の片割れだから、『死んだ私』と表現したということだろうか。

「美沙は、一緒に養子に行かなかったの……？」

「うん。うちの母親、見たでしょ？　昔から、育児放棄して遊び歩いているような人だったの。物心ついた時には、両親は離婚していて私たち双子はお父さんという存在を知らなかった」

そこまで言うと、フフッと小さく息を吐きながら笑った。

「四歳まで、あの母親の許で育ったんだけどね。母親が家にいるときには機嫌が悪いと叩かれたり蹴られたりしたから、私も妹も近寄らなかった。機嫌がいいとご飯を用意してくれることもあったけど、あまりそういうことはなかったな。夜に働いていて、仕事に行ってそのまま二、三日家を空けることも普通にあったんだよね」

私にはその話があまりにも非現実的に聞こえて絶句した。

それでも、美沙は淡々と話し続けた。

「長いと一週間くらい帰ってこなかったかもしれない。ご飯が炊飯器の中に炊いてあって、それを少しずつ食べるんだよね。卵とか納豆とかふりかけとかかけて。あとはパンとかお菓子とかがダイニングテーブルにスーパーの袋に入ったまま無造作に置かれていて、母親が帰るまでの食料として用意されていたの」

なにも言葉が出てこなかった。

何日分も適当に食べ物を置いておけばいいという感覚に驚くことしかできない。ペットだって、ペットホテルや誰かに預けられることが多いんじゃないかと思う。

「それって、虐待じゃない」

「今思えば、そうかもしれないって思うよ。だけど、当時は食べ物さえあれば良かった。母親が家にいる方が怖かったの。嫌いな野菜は食べなくて良くて、好きなお菓子や菓子パンが毎日あるんだから、それで良かった。外出は禁止で家の中には玩具(おもちゃ)もなかったけど、テレビは見放題で妹とは仲良しだったから、一緒にお絵描きやごっこ遊びをして遊んでいてね。寂しかったけど、楽しかったのも覚えているわ」

　小さな子ども目線で想像してみると、楽しいというのもわかる気がした。

　だけど、高校生の私には胸が詰まる話だった。幼い姉妹が何日も大人のいない家で炊飯器のごはんやテーブルの上のお菓子を食べて、外に出ることもなく家の中で遊んで過ごしているなんて。

「どうして養子に出されたの？」

「酔っぱらって帰ってきた母親がすごく怒って、歯止めが利かなくなりそうなことがあったの。目をつり上げて『理沙！』って怒鳴った」

「理沙って、妹さんの名前？」

「――ううん、当時の私の名前。私たちはほんとうにそっくりな一卵性双生児だったんだけど、母親は私たちを見分けていなかったのよね。いつも怒る時は姉の理沙の名前を呼び、機嫌がいい時だけは妹の美沙の名前を呼ぶの。それがどっちか一人ではなく、二人に対する総称というか。怒ったら『理沙！』って怒鳴り、機嫌がいい時は『美沙おいで』って声をかける。二人に対してね。今思い出すと変だよね、フフッ」

　少しの間、美沙は心底おかしそうに笑っていた。

「酔っ払いのお母さんは本当にタチが悪くてね。私たちにお仕置きをする時には車に乗せられてお祖母(ばあ)ちゃんの家まで連れて行かれたのね。車を停める場所から少し歩くんだけど、夜だとそこが真っ暗ですごく怖かったの覚えている」

「叱るために、わざわざお祖母ちゃんの家に連れて行かれたの？」

「叱るっていうか、暴力振るうためよ。私たちが泣いてうるさいから、となりの家と少し距離がある一軒家のお祖母ちゃんの家で叩かれたり蹴られたりしたの。今思うと、うちの母親って怒りが持続する人だったのね。普通だったら移動しているうちに怒りなんてどっか行っちゃうよね。いつもお祖母ちゃんの家で鬼のような目で叩かれたな」

健気に二人でそのおかしな状況を楽しみながら留守番をしていた幼い姉妹に、自分勝手な感情のはけ口で暴力を振るうなんて。

「酷いね。自分の家から移動するってことは、お母さん自身も悪いことをしている自覚はあるってことだよね」

「そうなるね。あの人が酷いなんて、その時だけじゃなかったから。暴力を振るうとお祖母ちゃんが止めてくれるの。少し痛い目に遭って泣いているとお祖母ちゃんが飛んできてくれる。ただ、お祖母ちゃんは病弱で力は弱くてね。あの人の母親ではあるんだけど、本気で怖がっていたのよね。逆らうことはできなかったけど、それでも、私たちのことは必死に守ってくれた」

「お母さんは、自分のお母さんに、つまり美沙のお祖母ちゃんに恨みがあったのかな？　だから、わざわざお祖母ちゃんの前で手を上げていたのかも」

「ああ――なるほどね」

美沙が驚いた声を出したから、外れているのかもしれない。客観的にはそういう見方もできると思ったのだけど。美沙の言う通り、怒りを持続させるのは難しいように思うけど、母親の前で虐待することが目的だったなら、それも有り得ると思えたのだ。

「お母さんもお祖母ちゃんから虐待されていたとか、ない？」

「それはない。でも、ラーメン屋をしていたお祖父ちゃんが亡くなったのがあの人が高校生の頃で、お祖母ちゃんは病気がちで働けなくてラーメン屋を畳んだから、お母さんは大学進学をあきらめたって、よく恨み節で話していたかな。したくもない結婚をして双子を産んだのもお祖母ちゃんのせいだって、酔っぱらうと怒って言っていた」

脚を組んで、美沙が小さくため息を吐いた。

美沙の母親は高校を卒業した後、きっと思うような人生を歩めなかったのだろう。それを全て誰かのせいにしないとやっていられなかったのかもしれない。

少なくとも、それは幼い子ども達には責任はない。幼い双子の姉妹だって、優しい母親に愛されて育ちたかったはずだ。

「でね、その日はお祖母ちゃんが止めても、お母さんは怒り狂っていたみたいで、お祖母ちゃんに警察を呼ぶと言われてハッとしたそうなの。そこで初めてお祖母ちゃんに母親としてこの子たちを育てられるのかと聞かれ、お母さんは私たちを殺してしまうかもしれないという恐怖を持って、手放すことを決めて役所に連絡したって」

どこか他人事のように、あっけらかんとした口調で美沙が話した。そこに違和感がないわけではないけれど、きっと自分のことだからと深刻になってしまうのが嫌なんだろうという気持ちも伝わった。

「……妹さんは養子に行ったなら、美沙はどうなったの？」

「はじめは二人で養子に出されるはずだった。だけど、母親が急に『一人は自分で育てるから、迎えに来るまで預かってほしい』って言い出して、私だけ養護施設に入れられたの」

ふいに、美沙が私の方を見た。それが何を言いたいのかも全くわからない。こちらを見て何か表情でわかるものがあるのかもしれない、と思わせるように、しばらく何も言わなかった。

「なに？」

「別に。ただ、どう話したらいいか考えていただけ」

そう言うと、美沙は小さく息を吐いて、また顔を前へ向けた。

「妹と引き離されて、知らない人に囲まれた施設の生活にはなかなか慣れることはなかったけど、母親が迎えに来るってことが何より恐怖だった。で、一年半後には本当に迎えに来て、母親に引き取られたの。そこから一年くらいの間は地獄だったな」

「お母さんと二人の生活が辛かったの？」

「うん。母親は施設に入る前より家にいることも増えて、そのほとんどの日が荒れていたの。私の方は一緒に耐えていた仲間の妹がいないから寂しいうえに、暴力も分散されないから全て私が受けるようになった」

比べてみると、放置されていたとはいえ妹と二人で気ままに過ごしていた以前の方が、圧倒的に気楽だっただろう。それもネグレクトという名の虐待かもしれないけど、直接母親から精神的にも身体的にも苦痛を与えられる虐待の方が、美沙にとっては何倍も辛かったに違いないと思えた。

「それは、辛かったね……」

「お母さんはね、家事は勿論だけど、母親としての役割も全然してくれなかった。幼稚園にも通わせてもらえなかったし、小学校に入学しても必要な物も準備してくれなかった……。学校の先生が何かと面倒を見てくれたの。着る物は同級生のお下がりを貰ったりしてね。それでからかわれて惨めだったな」

私の小学校時代も人の顔も覚えられず人の気持ちもわからず、混乱がひどくて辛い状態だったけど、美沙もまた違った辛い幼少期を過ごしていたんだ。

「お母さんは平気で不倫とかしていたみたいで。知らない女の人が泣き叫びながら乗り込んできたこともあった。家賃の催促とかお金の取り立てとか、そういうのもしょっちゅう来て、チャイムにも電話にも出られなくて、音を消してビクビクしていたの」

美沙の声が少しずつ震えていって泣きそうだった。それとも、泣いているのだろうか。

「最近もそうなの？」

思わず口をはさんでしまった。

「最近って？」

「この前、お金を置いて行けって言ってたでしょ？　お母さん」

「ああ、取り立て屋？　どうだろう。相変わらず金遣いは荒いから、借金もしているかもね。フフッ」

美沙は少し寂しげに聞こえる笑い声をあげた。

「そんな生活が一年ちょっと続いた頃、音信不通だった妹から電話が来たの。四歳で別れたきりだったから、三年近く会っていなかったけど嬉しかったな。一緒に暮らしていた頃の私にとって、妹は心の拠り所であり、戦友みたいな存在だったから」

「妹さんから？　家にかかって来たの？」

「そう。お母さんが仕事の時間だったから、私が出たんだけどね。大好きなお母さんに会いたいって言うの。耳を疑ったわ。妹だって叩かれて怖がっていたのに」

それは、やっぱり養子先で両親に可愛がられなかったと感じて、実の親への想いが強くなったのだろうか……？

私は昨日会った田中さんがとなりの『ミサちゃん』が実の親への想いを募らせてい
たと話していたのを思い出した。
「たぶん、この日なんだよね」
美沙がさっきスマホに入れたばかりの写真を見せた。私たちのうしろでヒマワリ柄
のワンピースを着て立っているその子は、きっとキャンディを待ってワクワクしてい
るのだろうと思えた。

「このワンピースを着ていたの。来る前にイベントを観てきたと嬉しそうに話してい
たから、同じ日だったんだと思う」

「そうなの――？　このイベントの後に、この子は美沙の家に行ったの？」

「うん。お父さんとお母さんには内緒だったみたいで一人で来たの。妹にはお母さん
は朝まで家にいないことを伝えたけど、私に会おうと言ってきた。で、会ったら言わ
れたの。『ここでお母さんと暮らすから、あたしたち入れ替わろう』って」

「入れ替わる？」

「そう。私は当時椎名理沙って名前で、私たちを産んだ毒親である母親と暮らしてい
た。小松家に養子に行った妹は小松美沙って名前で暮らしていたけど、どうも、両親
に疎まれていると感じていたらしいの。両親が『実親に返せないか』ってことを話し
ているのを聞いたみたい。私にはチャンスでしかなかったけど、妹がどうしてあの母

親と一緒に暮らしたいのか理解ができなかったわ」

　美沙は電源のついていない真っ黒なテレビ画面に向かって話しているように見える。もしかしたら、彼女の目には当時の妹とのやり取りの場面が映し出されているのかもしれない。

「妹さんは忘れていたの？　叩かれたり放置されたりしていたことを」

「ううん、覚えていたわ。さっきも言ったけど、当時母親は怒る時には私の名前を呼んでいたの。『理沙！』って。機嫌がいいと『美沙』と呼んでいた。母親の中では双子なんて同じ存在で区別もついていなかったから、名前も二人の総称だったんだけどね。妹はそう思っていなかったの。『理沙』は嫌いで『美沙』は好きなんだって思っていたみたい。だから、いつも私に間違えられて叩かれていただけだと思っていたのよね。自分がお母さんと暮らせばみんながハッピーになるんだと思い込んでいたの」

　私は美沙の話を聞きながら思った。もしかしたら、幼かった妹は『理沙』と呼ばれて暴力を受けるたびに、これは自分への暴力ではないと思い込むことで現実逃避ができたのかもしれない。愛されていないのは姉の理沙だけで、自分は愛されているのだと。守ってくれる大人が誰もいない中で、精一杯、自分の心を守っていたのだろう。

「だから、私もその話に乗ることにした。私には受け入れ難いことではあったけど、妹が話していることは本当かもしれないとも思ったの。妹なら、あの母とも上手（うま）く暮らせるかもしれないって。それで、私は妹が上手くいかなかった両親と仲良くできるかもしれないって」

私の方へ顔を向けた美沙が小さく笑い声をあげたのが聞こえた。

「ねえ、葉月。私は今、小松美沙になっているでしょ？　両親に愛されている自覚もある。妹の提案通り、交換して正解だったんだって思っているよ」

「そう……」

美沙の言葉に嘘はないだろうと思った。だけど、同時にあの日の夜、美沙の母親らしい女性がヒマワリ柄のワンピースを抱えて歩いていたことが思い出される。

「妹さんはその後、お母さんと上手くいっているの？　三年前のあの遺体って」

「その後、妹とは連絡取っていないけど、妹を愛せなかった両親に私が愛されたように、妹も愛されたんだって思ったの。私ね、お祖母ちゃんとだけは連絡を取っていたから、妹ともその気になればいつでも繋がれるようにってお祖母ちゃんには伝えていたの。だけど、妹からは何も連絡が来なかった。嫌だったら、また交換しようって言ってくるでしょう？」

淀みなく話す美沙の言葉はどこか用意していたもののようにさえ感じられた。

だけど、その真偽は私にはわからない。追及する気もない。

「じゃあ、三年前のあの遺体は妹さんのものではないのね……？」

「だって、年齢が違うじゃない。もしかしたらあのワンピースは妹が着ていた物かもしれないとは思う。似ているからね。妹が着られなくなって誰かにあげたとか、バザーやフリマに出したのかもしれない」

たしかにその可能性だって十分に考えられる。

私はただ、美沙が言ったあの不可思議な言葉が引っ掛かっていたのだ。

「あの白い花束は、死んだ私へのプレゼントだったって。それをあの遺体のあったベンチに置いたでしょ？　その意味がどうしても気になるの」

「……あのワンピースが最後に会った妹の物と似ていたから……。なんだか妹のような気がしてしまったの」

美沙が静かに低い声でそう言った。

理屈ではなく、それは私の中で納得ができてしまう答えだった。

「葉月もあの遺体に同調しているって言っていたけど、似ている感覚かもしれないね」

そして、美沙がどこか鋭い口調で言った。

「葉月はどうして、あの三年前の遺体がそんなに気になるの？　同調してしまうって、どうして？」

# 17 真相

それから試験までの間、とにかく私は勉強に集中した。

試験の結果へのこだわりはないけど、とにかく集中するものがあって良かったと思えた。その理由として、ひとつは海斗への告白の返事を考えなくていいこと。

もうひとつは、あの遺体の子のことも美沙のことも頭の中から消したかったからだ。

私は美沙にあの遺体の子と同調してしまう理由を聞かれて答えることができなかった。それは私が人の顔の区別がつかないこと、誰もがみんな同じ顔に見えてしまうことを、美沙に話すことができないことを意味していた。

海斗には何も考えずに勢いで話してしまったところがある。

だけど、どうして私は自分のことを話せないのか。そういう経験がない、という慣れの問題だろうか。美沙は全てではないかもしれないけど、人には言えない話をしてくれたのだと思えた。

というより、私が聞き出してしまったのかもしれない。

なのに、私はそんな美沙に自分のことを話すことができていない。彼女が誰かに不用意に話すとか、女子はお喋(しゃべ)りだからとか、そんな風にはもう思っていなかった。

とにかく自然に話すことができなかったのは確かで、今はそのことを考えたくなくて封印してしまったのだ。

「葉月ちゃん、聞こえてる？」

ふいに聞き慣れない色っぽい声が聞こえて顔を上げると、いつもの『同じ顔』が目の前にあってギョッとした。

ダメダメ、まともに顔を見たら！

私は両手で目をこすって、目の前のその人の特徴を見た。

明るい茶色に染められた肩の下まである髪は丁寧に巻かれ、その髪を巻き付けている指にはキラキラ光るストーンやラメの散らばったネイルが施されている。そのお洒落な彼女はカウンターの向こうから乗り出してこちらに顔を向けている。

ここが海斗の叔父のカフェだと思い出すと、目の前にいる胸を強調した服を着た彼女がお店の手伝いをしている海斗の従姉のあやめだとわかった。

「ごめんね、あやめちゃん。何か言った？」

「アハハッ、やっぱり聞いてなかったんだ。葉月ちゃんって集中力が神レベルだよね」

それって褒められているのかよくわからない、と思いながら苦笑いしてしまう。

「フフッ。凄いなって感心しているのよ。お腹空かない？　って聞いただけ。海斗がカレーライス頼んだから、葉月ちゃんはどうするかな？　って」

「お腹……？」

壁に掛かっている白木の時計を見ると六時半を回っていた。となりで勉強している
はずの海斗は既に勉強モードは終わっているようで、テーブルの上には単語帳だけが
残された状態で私の方に顔を向けていた。

「葉月もなんか食っていこうぜ。叔父さんがご馳走(ちそう)してくれるってさ」

「いつもありがとうございます」

私が叔父さんに頭を下げると、笑いながら「海斗と仲よくしてくれているからな」
って返された。正直、その言葉は少し重いのだけど。

「じゃ、ビーフシチューオムライス」

「だと思った。葉月ちゃん、それ好きだよね」

ケラケラと笑いながら、あやめは奥へ入って行った。

再びシャーペンを手に取ってノートへ向かおうとすると、海斗がノートの前に手を
乗せて阻止した。

「ちょっと休憩してもいい？　おまえ、集中しすぎ」

「――集中したいんだけど」

「なんか考えごとがあるの？」

相変わらず鋭いけど、半分は自分のことだという自覚はないのだろうか。

私は海斗の方を見ながら、返事をできずに黙った。勘のいい彼は、そこで気づいたようでハハッと笑い声をあげた。

「もしかして、俺のせいってこと？」

「まあ、半分はね」

「やりぃ！」

嬉（うれ）しそうな声を出す海斗に少しだけイラついた。こっちは悩みたくないのに！

「悪いな、悩ませちまって。俺のこと考えてくれるって思うと嬉しいもんだな」

「そんな風に言われると、なんかムカつく」

「ハハハッ、ムカつけムカつけ！　それって葉月の心ん中、俺でいっぱいになってるってことだろ？」

どこまでポジティブなんだと呆（あき）れてしまうけど、彼の考え方は嫌いじゃない。

「で、もう半分は何？」

「ん――」

美沙のことを具体的に話す気持ちにはなれないけど、一歩前に進めない感覚は海斗に対する気持ちと似ているものがあると思っていた。

「もう半分は、長谷川君とは関係ないことなんだけどね。たとえば、誰かに大切な話をする時って勇気がいるもの、なのかな？」

「その人に話さなきゃいけないことだけど言いにくいとか、そんなこと？」

「ううん、別に話さなくてもいいこと。ただ、自分の中では大事な部分の話。この人には話したいって思ったとして。だけど、話そうと思っても話せないっていうか」

「どうかな……？」

海斗は腕を組んで少し考えていたけど、やがてフッと息を吐くように笑った。

「思い当たるなぁ、葉月と映画行った日のこと」

「映画行った日？」

「そう。あの日、はじめから告ろうって決めてたんだけどさ。なかなか切り出せねえし、なかなか伝えられねえし。思い切って好きだって言ったつもりでも、おまえには届いていなかったりしてさ」

「ああ――」

ちょっと墓穴を掘ったような気がした。

視点を変えれば、たしかにあの時の海斗の心は今の私が美沙に話したくて話せていない状態に似ている。あの時の私は告白をされるなんて思っていなかったのだから。

美沙だって、私がこんな問題を抱えていて、それを話そうとしているとは考えていない。どうして遺体に同調しているのか疑問に思っているだけで。

「その話は私も当事者だから突っ込んで聞きにくいんだけど。私はね、たぶん相手がどんな反応をするか気になるから、なかなか言えないんだと思うの」

「だよな。俺もそうだったからわかりすぎるな。ハハッ」

海斗が両手で頭を掻きむしると、片手で私の頭もクシャクシャッとした。

「ま、おまえが相手だから言いにくいけどさ。俺の場合は、葉月の反応がどうあれ話そうってことは決めていたからな。要は、そこじゃねえの？」

「……相手の反応は気にするなってこと？」

「つうか、相手の反応を想像してみたらいいよ。たぶん、想像の中で受け入れられた時には話して良かったって思うだろ？　じゃ、話したことに引かれたとか、嫌な反応をされた場合、それでも話そうって思うかどうか」

美沙が嫌な反応をしたら――？

私は目を瞑って想像してみた。思い切って自分のことを話す私に対して、美沙が酷い態度を取ったら……。

「想像できない」

「ん？　なにが？」

「相手が嫌な態度をとるっていう、想像ができないの」

「ハハッ。いいじゃん。つうか、ジェラシーだな！」

海斗が笑いながら、また私の頭をクシャクシャッとした。

「いや、マジで羨ましい。葉月にそんな信用されているなんてさ。小松か？」

「それ、やめて」

「……うん。他にいないもんね」

「良かったじゃん。そこまで信用できる友達ができたんだ」

信用……なんだろうか？

たしかに自分に対して酷い態度を取らないと思うことは、信用に当たるのかもしれない。そっか。私は美沙のことを信用しているんだ――。

「あらぁ、仲いいわねえ、相変わらず。本当に付き合ってないのぉ？」

海斗がまた私の髪をクシャクシャすると、カウンターの向こうからカレーライスを差し出しながら、あやめがからかい口調で言った。

「今んとこはな」

「なにそれ、意味深！」

「ハハッ。あやめ、邪魔するなよ。今、頑張ってんだからさ、俺」

海斗がふざけた調子でもストレートに言う。

私は常に、もう半分の悩みを思い出さずにいられなくなる。

そっちは保留にしているだけで、本当になにも考えていない。私たちの関係はゼロか百かしかないのだろうか。

このままの関係ではいられないのだろうか、なんて思ってしまう。

それって、やっぱり都合がいいことなのかな。


そのまま試験期間に突入して、私は三日間の試験で何も心配がないほど勉強に集中していた。高校生活でまだ試験は二回目だけど、もしかしたらこれ以上にはない成績だったのではないかと思うほどだった。

終業式の日に、期末試験の成績優秀者が廊下に貼り出された。

巷(ちまた)ではこういう形での成績発表をしなくなったと聞くけれど、私立の進学校であるこの城光学院では各学年の首席と次席のみ貼り出される。

一年生は相変わらず海斗が首席で私が次席だった。

「なんだよ、おまえ。全科目満点じゃなかったのか」

廊下に貼り出された成績優秀者の名前を見ていると肩を叩(たた)かれた。横を見上げると、顔はわからなくても、この口調と私にこんなことを言うのは海斗だとわかる。

それに、この声にこの青いメガネフレームにこの輪郭にこの髪質も彼のものだ。

「まだ名乗る?」

「ううん、もうわかる。だって、そんな気軽に話しかけてくる男子、長谷川君だけだもん」

成績優秀者が発表されたばかりだからか、いつもにも増して注目を浴びているのを感じて、私は一歩だけ海斗から離れて距離を取った。

「長谷川君は全部満点だったの？」

「古文の一問だけ間違った。やっぱり、授業中に言ったことから出題されたんだよな、きっと。聞こえなかったところだったみたいだ」

耳のせいで満点が取れなくても、悔しさはないのかな。

海斗はそんなに拘（こだわ）っているわけではなさそうな明るい口調だった。

「返事はいつしたらいい？」

「もう決まっているなら、この後にでもいいよ」

「……決まってないけど、終業式の日ってことだったよね」

今日がその終業式の日だから、答えるのは今日ということになる。

まだ何も考えていなかったけど、とにかく気持ちを導き出すしかないのだろうか。

「あのね、その前に決着を付けたいことがあるの」

「決着？　なに？」

「美沙のこと。自分の話をしたいと思っているけどできていないの」

そんなこと海斗には関係ないことは知っている。だけど、そっちをクリアしてから海斗のことを考えたかったのだ。

「オッケー。頑張れよ」

明るい声で海斗に肩を叩かれた。

教室に戻ると、既に美沙の姿はなかった。急ぎ足で昇降口に向かったけど、彼女の靴箱は空っぽだった。

私はスマホを出して電話をしたけど、電源が切られているようですぐに留守電に繋がってしまう。

何度も美沙と連絡を取ろうとしているうちに、彼女の最寄り駅の八牧に着いていた。そこで、ようやく連絡が取れた。

八牧駅から十分足らずで美沙の家に着いた。空色の屋根に薄いピンク色のタイルが貼られた外壁に、白い枠の窓が並ぶ可愛い家だった。注文住宅なのか、奏町にあった小松家が住んでいた家と、色合いは違うけれどよく似た印象を持った。

「いらっしゃい。私も今、帰ったところだったの」

まだ制服姿の美沙がドアを開けた。私は靴をそろえて上がると、階段手前にある、恐らくリビングへ繋がるドアに向かって声をかけた。

「お邪魔します」

「今、誰もいないから大丈夫。うちの両親、共働きなの」

ケラケラと笑いながら、美沙は私を先導するように階段を上がった。

突き当りのドアを開くと、白とグリーンを基調にしたシンプルな部屋が現れた。

美沙は大きなクリーム色のビーズクッションを私に勧め、自分も白い小さなテーブルを挟んで向かい側にあるモスグリーンのビーズクッションの上に座った。

それから彼女のうしろにある小さな冷蔵庫からアイスティーのペットボトルを出すと、私の前に置いた。

「グラスはないけど」

「ありがとう」

私はペットボトルのフタを開けて、冷えたアイスティーを一口飲んだ。あまり甘みはなく、微(かす)かな紅茶の渋みが口の中に広がっていく。

「また成績優秀者だったね、葉月。さすがだね」

「勉強に集中していたから……」

私の緊張感が伝わったのか会話も空回りをして、少し気まずい空気が流れた。

「なによぉ、どうしたの？」

「あのね、美沙。私、ずっと美沙に話そうと思って話せていないことがあるの」

「……なに？　また、あの神部駅の遺体のこと？」

どこか探るような口調で美沙が聞いた。

「全く関係ないとは言わないけど……私自身のことなの。ほら、美沙に聞かれたじゃない？　どうしてあの遺体に同調するのかって」

「──うん。普通に不思議だからね。だけど、言いたくなかったら別に」

「言いたくないんじゃなくて、どう話したらいいのかわからなかったの」

私は小さく深呼吸をして、緊張気味の心を整えた。

「あ、あのね、私は小さい頃から、人の顔の区別がつかないの」

「……えっ？　なに？」

うつむき気味だった美沙がパッと顔を上げた。

「だからね、私には同じ顔に見えるの。誰の顔もみんな」

「……そう、なの？　複数の人と話すのが苦手って言っていたけど、顔がわからないから？　だからクラスの子たちと関わるのが嫌だったの？」

「嫌っていうか、誰が誰かわからない。自分の顔もわからないから、自分の存在自体も確かなものだと思えないことがあるの。だから無縁仏の遺体に同調したのかも」

「そっか……。無縁仏って生きていた証がないもんね」

美沙は驚いているようだけど、やっぱり否定したり酷い態度を取ったりされることはない。そう思うと、妙に嬉しい気持ちになった。

彼女が私の信頼に応えてくれたような気がした。

「葉月は私のこと、わかっているように思えたけど」

「うん、特徴を覚えていたの。そのひとつが、このペンダントだったんだけど……」

私は美沙の首元から覗(のぞ)いている、星形のペンダントを指差した。

「そう……」

美沙はペンダントをギュッと握りしめた。

「これはね、お祖母(ばあ)ちゃんが私と双子の妹に買ってくれたものなの。二人がバラバラになる直前の、四歳のお誕生日のプレゼントで」

その言葉を聞きながら、私はどうしてもあの遺体の子を思い浮かべてしまった。

「あの遺体の子がしていたのは、妹さんのペンダントなの？」

「──そうだよ」

「あの遺体は……美沙の妹さん？」

「うん、そう」

美沙が誤魔化すことなく、ハッキリと言った。だけど、すぐに笑い声をあげた。

「ねえ、葉月。それって、タイムスリップでもしていると思う？　あの遺体は九年前の夏から、三年前の冬にやってきたって」

「……そんなはずはない、とは思うけど」

だけど、あれが美沙の妹なら、ほかに説明がつかない。いや、そっちの方が説明はつかないけれど。

「違うよ、もちろん。そんなSF的なことはフィクションの世界だけでしょ？」

「――じゃ、やっぱり美沙の妹さんじゃないの？」

「私の妹だよ。だけど双子の妹の美沙とは違う子」

「えっ？」

私は手に取ったペットボトルを落としそうになって、あわてて両手で支えた。

「どういうこと……？」

「……前にも話したけど、私たち双子は四歳の時に私は養護施設へ行って、妹は小松家の養子になった。で、一年半後に椎名の母が私を引き取りに来た。お母さんはね、私たちを手放した期間に女の子を出産していたの」

つまり、その時の新生児だった女の子が……あの神部で発見された子ということだろうか。胸の鼓動が嫌な感じで強くなっていく。

「その妹の話は、小松の両親にも内緒でこっそり会っていたお祖母ちゃんに聞いたの。私を施設から引き取って、その子は施設に入れたって」

「なんで、産んだのに施設に――？」

「お母さんはその時に付き合っていた下の妹のお父さんと結婚するつもりだったの。だけど、お母さんのだらしなさがバレたのね。相手から断られて結婚がダメになると、お母さんには一人で新生児なんて育てる気力がなかったみたい」

絶句した。

産んだばかりの赤ちゃんを施設に、ということがショックだったのかもしれない。

「お祖母ちゃんは一昨年亡くなったの」

美沙が少し沈んだ声を出した。

「以前、大病で手術をしたけど再発したの。入院したらどんどん容態が悪くなってね。最後に会った時に、お祖母ちゃんに大切な話があるって告白された」

そう言うと、美沙はペットボトルを手に取って紅茶を一口飲んだ。そして、小さく息を吐いた。

「お祖母ちゃんは私が美沙と入れ替わって小松家に行ったことも、全て受け入れてくれていたの。椎名の母にも内緒で私と会ってくれていた……。お祖母ちゃんは真相を全部知って隠していたの。それを死の間際に懺悔だと言って、私にだけ話したの」

「――真相って?」

「あの神部駅の遺体のこと。それに双子の妹の美沙を、椎名の母が殺したこと」

胸の奥に痛みが走った。鼓動が速くなるのを感じていく。

やっぱり、あの子は殺されている――。

「美沙とは連絡を取っていなかったから、問題はなかったんだと思っていたの。私は入れ替わったことを養親たちに歓迎されて幸せでいられたから。だけど、本当は私と入れ替わったあの日のうちに、妹は母親に殺されていた――」

「そんな……」

　私はあのワンピースを片手に怒鳴ってきた女の人を思い出した。あれはやっぱり、『ミサちゃん』を殺したあとの母親だったのだ――。

「双子の妹の死については、酔っぱらったお母さんの『理沙』へのお仕置きの行き過ぎだと聞いた。お祖母ちゃんはその場にいなくて止められなかったんですって。で、あの遺体の子、私のもう一人の妹が亡くなった時、お祖母ちゃんが偽装工作をしたって。お母さんに遺体の子の服装を見て、美沙の死の責任を感じてほしかったからって」

「もう一人の妹さん――つまり、三年前の遺体の子もお母さんが？」

「ううん、それは事故死だった。当時、病気がちだったお祖母ちゃんが元気な時には手伝うからと説得して、お母さんは妹を引き取って一緒に暮らし始めたの。施設から引き取ったほんの数日後、まだ冬休み中で次の学校にも行っていない時、お母さんが仕事で家を空けている夜の時間に、妹は心細くなったのかな、お祖母ちゃんの家に行ったの。だけど、お祖母ちゃんは自分で車を運転してふらりと温泉施設に行っていて留守だった。妹は雪が降っている中、外で待っていて眠っちゃったのか、夜中にお祖母ちゃんが帰ってきたら、庭の方で亡くなっていたって」

「だったら、どうして……無縁仏になっちゃったの？」

発見したのは祖母で、事故死なら母親が殺したわけでもない。母親だって、ちゃんと自分の子だと名乗り出られるはずなのに。

「――九年前に殺された美沙はね、死後、お祖母ちゃんの家の庭に埋められたの。三年前に妹が亡くなっていた場所が、ちょうど美沙が眠っている場所の上だったって」

低いトーンの美沙の声が耳に響いた。

「信心深いお祖母ちゃんは美沙が呼んだ事故だって思ってね、美沙の死を公にしなければと決意したの。下の妹は亡くなった頃の美沙にそっくりだった。だから、殺された日に美沙の身に着けていたものを全部つけて、目立つ場所に運んで発見されるようにした。椎名の母が名乗り出て、その姿を見て昔の罪と向き合うようにって」

だけど、名乗り出る人はいなかった。

つまり、お祖母ちゃんの思惑通りにいかなかったんだ――。

「……上手くいかなかったってこと？」

「うん。お祖母ちゃんの仕業だってこともすぐにお母さんにバレて。おかしな行動をしたら、今回の妹のことはお祖母ちゃんがお仕置きで庭に出したまま放置して殺したって証言する、って脅したみたい」

美沙は異様なほど落ち着いているように見えた。語ることに躊躇する様子は何も見られない。どこか吹っ切れたのだろうか。

「施設の人は？　神部駅で発見された方の妹さん、数日前まで施設にいたんでしょ？　どうして名乗り出ないの？」

「そっちの妹はね、赤ちゃんだった頃、お父さんの方に引き取られたの。お母さんが結婚しようとしていた人ね。お母さんには育てる気がなかったから、身体の弱いお祖母ちゃん一人では育てられなくて、田舎に住むお姑さんが引き取ったの。でも、そのお姑さんがすぐに事故で亡くなって、結局、引き取ってすぐにお父さんが施設へ入れたんですって。田舎の施設だから、首都圏の事件なんてただのテレビの中のお話にしか見えてなかったんじゃないかしら。報道された写真は目をつぶった状態だし、発見された時の所持品だって、全て美沙のものだから心当たりもないでしょうね」

ショックだった。何がショックなのか、回らない頭ではよくわからなかったけど。

きっと、養親には愛されなくても周りの人たちに理解されていた『ミサちゃん』があの日に亡くなっていたことも、冷たい土の中にいるのに供養さえしてもらえないことも、あの三年前の遺体の子が無縁仏のままで救われないことも――。

あの子たちは顔も名前もあるのに、その存在を消されてしまった。

それから、美沙が駅まで送ってくれて別れ際に言われた。

「葉月から花束もらっちゃったけど、あの日は私の誕生日じゃなかったの。あのベンチで発見された妹の誕生日だったんだ」

　そして、寂しそうにスマホ画面を見た。そこには私が送った双子のミサちゃんの最期の日の写真があった。

「私ね、やっぱりお母さんを許すわけにいかないから。匿名で警察に電話しようと思う。お祖母ちゃんの家の住所を伝えて、庭に遺体が埋められていることと、殺したのはお母さんだってことを伝える」

　美沙の力強い声が耳に届いた。

　無縁仏になった下の妹を『死んだ私』と表現した美沙。もしかしたら、美沙にとっても彼女は同調してしまう存在だったのかもしれない。あのまま母親の許（もと）にいたら、死んでいたのは自分だったのかもしれない、と。

　美沙は離れて暮らしている今でも、苦しめられ続けている母親との決着をつけると決めたのだ。

　同時に、私は自分の心に何も決着がついていないという想いに駆られていく。

　私は誰の顔もわからない。たとえば誰かの遺体の確認をしなければいけなくても、それはきっと私にはわからない。

　あの子には顔のわかる母親や祖母がいた。なのに、誰でもない無縁仏になっている。

　あの子は私じゃないのに、私にだって顔はあるのに、時々自分が誰でもない存在のような気がしてしまう。だって、私には私の顔がわからないから——。

# 18　想い

気がつくと城光学院の校門前に立っていた。

どうして、ここに来たのだろう……？

今の自分の居場所が、自分が自分であるとわかる場所が……ここなのかも知れない。

私の脳裏に『葉月』と呼ぶ海斗のよく響く声が甦る。

海斗の顔を思い出すことはできない。海斗のことを考える時に浮かぶのは、顔の輪郭と少し長めの前髪、青くて細いフレームの眼鏡。そしてあの明るい笑い声や語りかける優しい声。

ふいに振動を感じてバッグを覗くと、スマホのバイブが鳴っていた。

海斗からの着信だった。暫くスマホを握って海斗の名前を見つめているうちに振動が止んだ。

着信履歴には家と母の携帯からと海斗から、それぞれ何回か残されていた。それをぼんやり見ていると、またバイブが鳴って海斗からの着信を伝えた。

「……はい」

「葉月？　おまえ、今どこにいるの？」

海斗の落ち着きを払ったような声が耳に響いた。

「学校の前」

「学校？　わかった、そこ動くなよ。すぐに行くから、電話も切るな」

海斗が電話の向こうでバタバタと音を立てて、ドアを閉めたのが聞こえた。急いで家を飛び出した、という情景が浮かんでくる。

「来なくていいよ、もう遅いし」

「だから行くんだろうが。チャリ飛ばすから、電話切らずにそのままそこにいろよ」

どうして電話を切ったらダメなんだろう？　海斗の言葉が不思議だった。自転車に乗って来るなら電話はできないだろう。

ぼんやりとそんなことを考えて待っていたら、暗闇の中ガシャン、と大きな音を立てて自転車を乗り捨てた海斗と思われる長身の男が駆け寄って来た。

「長谷川海斗だ！」

吐き捨てるように名乗った海斗が肩で息をしていたから、必死に自転車を飛ばして来たのだとわかる。

「大丈夫？」

私が携帯の通話を切りながら見上げると、いきなり抱きしめられた。

「ちょっと」

反射的に海斗の胸を押そうと抵抗したけど、そのまま腕の力を強めて放してくれなかった。

「おまえは香山葉月で、他の誰でもない」

海斗が私の耳元で囁くようにそう言った。

知っているよ、そんなこと。

そう言って笑いたかったけど、なぜか涙が溢れてきた。

「葉月は……俺がどれだけ、おまえに幸せってヤツを貰っているか知らねえだろ」

私は抵抗する力を緩めて、そのまま両手を下におろした。

この人は、何を知ってこんなことを言っているのだろう？

どうして海斗は私が安心する言葉を思いつくの……？

ふいに海斗が身体を離すと、私の顔を覗き込みながら紺のハーフパンツのポケットからタオル地のハンカチを出して、そっと私の頬に当てた。

泣き顔を見られたくなかったけど、青いメガネフレームの向こうにある目がこちらを見ているようで、目が離せなくなった。

他の誰とも変わらない目にしか見えないけれど、そのメガネの向こうにあるのは海斗の目なんだと思うとホッとする。

「やべえ」

と海斗が呟いて、もう一度私を抱きしめた。

「今、めっちゃキスしてえ」

そんなふざけた口調だったけど——その言葉が、その声が、その想いが——私の心を高鳴らせた。

さっきまで抱きしめられても何も感じなかったのに、今は急に上昇した体温と速くなった胸の鼓動がハッキリとわかる。

このドキドキに耐えきれなくなって、私は無言のまま海斗の胸を強く押して離れた。

「ごめん、冗談だって。いや、本音ではあるけど、しないから安心しろって」

海斗がいつもの調子のよさでケラケラと笑って、私の頭に手を置いた。

「おまえの気持ちが伴わなかったら、意味ねえからな」

幸い暗かったから、私の頬の火照りには気づかれなかったらしい。

「送って行く。送り狼にならねえようにしないとな」

海斗はまた明るい声で笑うと、倒れた自転車の方へ向かった。

ああ、私はこの笑い声が好きなんだ……。

そう思うと、胸の中で蕾んでいた花が一瞬で開花したような、そんな感覚のあとにふんわりとした温かさを感じた。

「長谷川君、今、返事をしてもいい？」

「へっ?」

予想外だったのか、甲高い声が海斗から聞こえて思わず吹き出してしまった。

「い、いいけど」

海斗が起こしていた自転車を立てて、ぎこちなく私の方へ向き直った。

「あ、あのね、長谷川君、私——」

言葉を発しようとすると、なぜか涙が溢れてきた。

やだ、なんで?

やっと素直な自分の心に気づけたのに、心の奥から想いが溢れてきてしまう。

きっと私もずっと彼を想っていたんだ。ただ、それを塞き止めていただけで。

だって、私のどんなところを見ても、変わらず笑顔で受け入れ続けてくれた。

一緒にいると、それだけでも安心できるのに、彼のポジティブな言葉や行動でどんどん前向きになれるような気がした。

ずっと、心を閉ざすことや人から目を逸らすことばかり考えてきたのに、海斗と一緒にいると心を開くことも、人のことを見つめることもできるようになっている。

たとえばこれが期間限定だったとしても、いつか醒めてしまう夢のような関係だったとしても、私は今この時間を大切にしたいと思えているんだ、と実感していた。

彼のおかげで、私は少しだけ強くなれたような気がする。

それをきちんと伝えたいのに――。

私は何も言葉にすることができず、ただ泣いていた。一生懸命、海斗を見て話そうとするけど、それができない。

ふいに海斗の手が私の頭の上に乗せられた。

「ごめん、葉月。すげえ困らせているんだよな、俺」

ちがう、そうじゃない。私は首を横に振るのが精いっぱいだった。

「あのさ、カッコ悪いかもしんないけど。俺、この期に及んでも、やっぱ食い下がりたいって思ってんだ」

私の頭をそっと撫でると、海斗の手が離れた。海斗の顔はそのまま私の方へ真っすぐ向いている。

「前に、夜の教室でさ『どうしたら好きじゃなくなるの?』って聞いたよな。俺、好きじゃなくなるどころか、どんどん好きになっているんだ。葉月の声が聞こえて救われたって言ったけど、そんなの今はもうちっぽけなことでさ。今まですげえ頑張ってきた葉月を知って勇気もらえた。守ってやりたいって気持ちと同時に、一人で生きてきた葉月のパワーで俺の方が守られるんじゃないかって思ったりしてさ。ハハッ。一緒にいるだけで、マジですげえ幸せなんだ」

彼の言葉ひとつひとつが心の奥まで沁みわたっていく。

なに、これ。私が想いを伝えたいのに。

「ちょっと、待って」

「待たねえよ」

海斗がいつものようにハハハハッと笑い声をあげた。

「後悔したくないんだ。俺の心ん中ぜんぶ話す。──毎日、葉月のやることなすこと全部可愛いって思ってる。可愛いっつうか、愛しいってのが正しいかも」

愛しい!?　恥ずかしすぎて、顔から火が出そうなほど火照っていくのがわかる。

「ハハッ。そんなに照れられると余計にそう思うんだよなぁ。なんかさ、おまえの前では別にカッコよくしようとか思えなくなってる。どんな恥ずかしい言葉だって、平気で言えちゃうんだ。そこまで思える子に出会えたってことが、運命だなって思う」

運命──？　出会ったのも、好きになったのも？

だとしたら、そうかもしれない。きっとこれは運命だったんだ。

「葉月のその、みんな同じ顔に見えるって感覚は、正直言って俺には想像もつかなくて、わかってやることはできないかもしれない。そのことで受けた心の傷や未だに襲ってくる恐怖だって、きっと俺には計り知れないって思うんだ」

たしかに、そこは共有できるはずもない。もしもわかるなんて言われたら、嘘だって思ってしまうから。きっと、素直にわからないって言ってくれる海斗だから好きだと思えるのかもしれない。

「だけど、そんな葉月が少しでも楽に生きられたらいいって、マジで思うんだ。そのためにも一緒にいたいって。自惚れかもしれないけど、俺になら葉月の気持ちを楽にできるって思っている」

そんな言葉を聞くと、一度引いてきた涙がまた溢れてしまう。

本当に海斗の存在が私の心をどれだけ救ってくれたかわからない。

「長谷川君……私……」

こんなに心の中を話してくれているのに、私の方はまた涙が込み上げて話せていない。それでも、ちゃんと伝えたい。

やっと素直になれた自分の気持ちを……。

「俺さ、いろんな子と付き合ってきたって話したけど、それでも初恋なんだ。葉月が、初恋なんだ」

「あのね、私……」

「おまえに嫌われてないのは知っている」

海斗が私の言葉に被せるように話す。

今は私が想いを伝えるターンのはずなのに、なにも話を聞いてくれない。

「それが恋愛じゃなくても、好かれているっていうのも感じているんだ」

海斗の声色が少し低く響き、笑っていないことがわかる。

口調も真剣に訴えかけている。

まだ涙は止まっていないかもしれないけど、私に話をさせてほしいのに。

「無理強いできないのも知ってるけどさ。友達としてでも好きなら付き合おうよ。付き合っているうちに、絶対に好きになるから」

「好きだよ」

言葉にすると、やっぱり涙が溢れてくる。

「私も、初恋だから……」

「――へっ？」

海斗が今まで聞いたことがないほど、奇妙な声を発した。

これは、どういう心の表れなんだろう？

「マジで？」

「マジで」

「――じゃ、なんで泣いてんの？」

「わかんないけど……。言葉にしようとすると、涙が溢れてくるの」

「マジかよ」

海斗が空を見上げたから、私もつられて見上げた。

真っ暗闇だと思っていたけど、細い三日月が黄色く光っている。それに寄り添うように小さな星がひとつ煌めいて見えた。

海斗に視線を戻すと、月明かりが淡いスポットライトのように彼を照らして見えた。

「てっきり、断られんのかと思った」

海斗が息を吐きながら、小さく笑った気がした。

「断らないよ。好きだって自覚できたんだもん」

「やった！」

そのまま抱きしめられた。

ちょっと恥ずかしかったけど、それよりもやっぱり嬉しくて。

さっきまでの緊張が嘘みたいに溶けていき、身体がとっても軽くなったのを感じた。

海斗は本当にポジティブで、自分のできないことも強みに変える。そんな彼に私は魅かれていったのかもしれない。

そんな心だって、海斗に伝えて話してみたいと思っている。

だけど、焦らなくていいんだって思えた。

だって、これから一緒にいる時間がいっぱいあるんだから。

そんな風にこの先の未来を描けるのも、相手が海斗だからだろう。

この気持ちも、いつかちゃんと伝えよう。

その優しい笑い声を聞きながら――。

二学期の始業式の朝、私はテレビのニュースに釘付け（くぎづ）になった。

神部駅近くの民家の庭から、子どもの遺体が発見されたのだ。警察はその家の所有者の相続人である娘の行方を追っているという。

テレビに映った写真の顔はわからなくても、それが美沙の母親なのは確かだろう。

「怖いわねえ、近くでこんな事件があったなんて」

ため息まじりの母の声を背中に聞きながら、私は家を出た。

あれから、海斗と私は自他ともに認める『付き合っている二人』になっていた。

それを一番に報告したかった美沙とは、あれ以来、連絡がつかなくなっていた。

始業式後のホームルームで担任の先生から美沙の転校を告げられても、私はほんの少しのショックのほかに驚きはなかった。

「葉月ちゃん、長谷川君が迎えに来たよ」

「いいなあ、彼氏と一緒に下校って憧れる（あこが）」

放課後、クラスの女子たちに声をかけられた。

ショートカットで長身の長沢（ながさわ）さんと、頭の上から出ているような甲高い声の有馬（ありま）さんだ。

「ふふっ。長沢さん、有馬さん、またね」

私が笑顔を作って手を振ると、二人も「また明日ねぇ」と元気に手を振ってくれた。

「おっ、クラスメート覚えたのか」

「うん。海斗君と一緒にいるようになって、人を覚えることに少しだけ自信を持てるようになったの」

「そりゃ、いい傾向だな」

明るい海斗の声が笑っているような気がした。

ずっと人と関わることを避けてきたけど、もう一度、友達の輪の中に入ってみようと思えた。

以前なら緊張してしまったけど、今は楽しみでさえある。

私はずっと、ただ怖がっていただけだったのだ。ようやく私は、一歩踏み出そうと思うことができた。

今の私を喜んでくれるであろう、美沙はもういないけれど……。

「美沙がね、転校していたの」

並んで階段を下りながら、私は呟くように海斗に告げた。

「そっか。ずっと連絡が取れないって言ってたもんな」

それからお互いに言葉を発することなく、ゆっくり一階まで降りると、海斗が静かに口を開いた。

「俺たちが付き合うことになったあの日、おまえの親から葉月が帰ってこないって連絡が来てさ。小松に連絡したんだ。そしたら、あの遺体の子の話をしたって言っていた」

「……うん。その前に、私が美沙に自分の話をしていたの。みんな同じ顔に見えるから、人の区別がつかないんだってこと。だからなのかな、美沙が抱えていた秘密を全部話してくれたんだと思う」

あの日は海斗に言われて、私は自分の中で美沙のことを信頼できる人だと認めることができた。あの時の私は美沙に心を開くことができたのだ。

たとえ彼女はもう私の前には現れなくても、それは私にとって大きな宝物のような出来事だった。

彼女にとっても、そうだったんだと願いたい。話した内容を共有して一緒にいることを選択できなかったとしても。

私たちはきっと、心のどこかで繋がったんだと感じられた。

本当に信用できる人を見つけたなら、心を開いたあと、その扉を閉める作業は必要ないんだとわかった。

願わくは、その人とずっと一緒に居られたら、とは思う。

「私ね、海斗君との関係はずっと大切にしたいって思う」

私は上履きを靴箱に片付けている海斗の背中に声をかけた。

「またストレートだな、おまえ」

明らかに照れている海斗の声は笑っていた。

大切なことはその場で言葉にして伝えたい。

この関係がいつ終わるか、もうビクビクして不安に思ったりしない。

私たちの関係がいつどうなったとしても、私はこの人を信用できたこと、魅かれたこと、心から好きになれたことを、感謝って言葉に変換できると思う。

海斗との出会いが私には必要だったんだって、ずっとずっと思い続けられる。

それだけは私の中で大きな自信となって育っている。

本書は、魔法のiらんど第3回恋愛創作コンテスト〈青春ドラマ部門　奨励賞〉受賞作「メガネの向こうに優しい三日月」を加筆修正のうえ改題し、文庫化したものです。

# 顔の見えない世界に降りそそぐ君の光

天野コハク

令和７年　４月25日　初版発行

発行者●山下直久

発行●株式会社KADOKAWA
〒102-8177　東京都千代田区富士見2-13-3
電話　0570-002-301（ナビダイヤル）

角川文庫 24616

印刷所●株式会社暁印刷
製本所●本間製本株式会社

表紙画●和田三造


ISBN 978-4-04-115924-8　C0193

◇◇◇

# 角川文庫発刊に際して

角川源義

第二次世界大戦の敗北は、軍事力の敗北であった以上に、私たちの若い文化力の敗退であった。私たちの文化が戦争に対して如何に無力であり、単なるあだ花に過ぎなかったかを、私たちは身を以て体験し痛感した。西洋近代文化の摂取にとって、明治以後八十年の歳月は決して短かすぎたとは言えない。にもかかわらず、近代文化の伝統を確立し、自由な批判と柔軟な良識に富む文化層として自らを形成することに私たちは失敗して来た。そしてこれは、各層への文化の普及滲透を任務とする出版人の責任でもあった。

一九四五年以来、私たちは再び振出しに戻り、第一歩から踏み出すことを余儀なくされた。これは大きな不幸ではあるが、反面、これまでの混沌・未熟・歪曲の中にあった我が国の文化に秩序と確たる基礎を齎らすためには絶好の機会でもある。角川書店は、このような祖国の文化的危機にあたり、微力をも顧みず再建の礎石たるべき抱負と決意とをもって出発したが、ここに創立以来の念願を果すべく角川文庫を発刊する。これまで刊行されたあらゆる全集叢書文庫類の長所と短所とを検討し、古今東西の不朽の典籍を、良心的編集のもとに、廉価に、そして書架にふさわしい美本として、多くのひとびとに提供しようとする。しかし私たちは徒らに百科全書的な知識のジレッタントを作ることを目的とせず、あくまで祖国の文化に秩序と再建への道を示し、この文庫を角川書店の栄ある事業として、今後永久に継続発展せしめ、学芸と教養との殿堂として大成せんことを期したい。多くの読書子の愛情ある忠言と支持とによって、この希望と抱負とを完遂せしめられんことを願う。

一九四九年五月三日